10
18

12, AVENUE D'ITALIE. PARIS XIIIe

Du même auteur
aux Éditions 10/18

À l'ombre de la guillotine, n° 3690

Série « Petits crimes de Noël »

La disparue de Noël, n° 3858
▶ Le voyageur de Noël, n° 3961

Série « Charlotte et Thomas Pitt »

L'étrangleur de Cater Street, n° 2852
Le mystère de Callander Square, n° 2853
Le crime de Paragon Walk, n° 2877
Resurrection Row, n° 2943
Rutland Place, n° 2979
Le cadavre de Bluegate Fields, n° 3041
Mort à Devil's Acre, n° 3092
Meurtres à Cardington Crescent, n° 3196
Silence à Hanover Close, n° 3255
L'égorgeur de Westminster Bridge, n° 3326
L'incendiaire de Highgate, n° 3370
Belgrave Square, n° 3438
Le crucifié de Farriers' Lane, n° 3500
Le bourreau de Hyde Park, n° 3542
Traitors Gate, n° 3605
Pentecost Alley, n° 3665
Ashworth Hall, n° 3743
Brunswick Gardens, n° 3823
Bedford Square, n° 3884
Half Moon Street, n° 3948
La conspiration de Whitechapel, n° 3987
(à paraître en janvier 2007)

Série « William Monk »

Un étranger dans le miroir, n° 2978
Un deuil dangereux, n° 3063
Défense et trahison, n° 3100
Vocation fatale, n° 3155
Des âmes noires, n° 3224
La marque de Caïn, n° 3300
Scandale et calomnie, n° 3346
Un cri étranglé, n° 3400
Mariage impossible, n° 3468
Passé sous silence, n° 3521
Esclaves du passé, n° 3567
Funérailles en bleu, n° 3640
Mort d'un étranger, n° 3697
Meurtres sur les docks, n° 3794
Meurtres souterrains, n° 3917

Série « Joseph et Matthew Reavley »

Avant la tourmente, n° 3761
Le temps des armes, n° 3863

ANNE PERRY

LE VOYAGEUR DE NOËL

Traduit de l'anglais
par Pascale HAAS

INÉDIT

« Grands Détectives »
dirigé par Jean-Claude Zylberstein

Sur l'auteur

Anne Perry, née en 1938, à Londres, est aujourd'hui célébrée dans de nombreux pays comme la « reine » du polar victorien grâce aux succès de deux séries : les enquêtes de Charlotte et Thomas Pitt (dont elle a publié le vingt-quatrième titre, *Long Spoon Lane*, en 2005), puis celles de William Monk, qui comptent aujourd'hui quinze titres. Anne Perry s'est depuis intéressée à d'autres périodes historiques avec notamment *À l'ombre de la guillotine*, qui a pour cadre le Paris de la Révolution française. Elle a aussi entrepris de publier une ambitieuse série de cinq titres dans laquelle elle brosse le portrait d'une famille anglaise pendant la Première Guerre mondiale. Anne Perry vit au nord d'Inverness, en Écosse.

Titre original :
A Christmas Visitor

ISBN 2-264-04384-9

À ceux qui veulent donner
le meilleur d'eux-mêmes

— Là, vous êtes bien installé, Mr. Rathbone ? demanda le vieil homme avec sollicitude.

Assis dans la voiture attelée, son bagage posé à côté de lui, Henry Rathbone ramena la couverture sur ses jambes.

— Oui, Wiggins, merci, répondit-il, reconnaissant.

Un vent violent cinglait même ici devant la gare de chemin de fer de Penrith. Et sur la route d'une dizaine de kilomètres qui menait à Ullswater à travers les montagnes enneigées, ce serait encore pire. On était à peu près à la mi-décembre, et exactement à la moitié du siècle.

Wiggins grimpa sur le siège du cocher et fouetta le cheval. L'animal devait connaître le chemin par cœur. Ce trajet, il l'avait effectué presque tous les jours, du temps où Judah Dreghorn était en vie.

Telle était la triste raison qui ramenait Henry dans cette contrée sauvage et magnifique qu'il adorait, et où il s'était si souvent promené avec Judah par le passé. Rien que le nom des lieux lui rappelait le souvenir de journées de marche à flanc de collines, de l'herbe rêche sous les pieds, de la douce brise sur son visage et des panoramas qui s'étendaient à l'infini. Il revoyait les eaux bleu pâle du lac Stickle, dans lesquelles se reflétait le sommet de l'arche Pavey, ou les collines striées de neige du col Honister. Combien de fois avaient-ils escaladé ensemble le pic de Scafell pour se retrouver sur le toit du monde, assis le dos contre la pierre chaude, à manger du pain et du fromage et à boire du vin rouge comme si c'était la nourriture et la boisson des dieux ?

Cependant, deux jours plus tôt, il avait reçu une lettre d'Antonia, des mots quasi illisibles qui lui annonçaient la mort de Judah dans un accident stupide. Le drame ne s'était pas déroulé sur le lac, ni même au cours d'une de ces tempêtes hivernales où le vent et la neige faisaient rage dans la vallée, mais sur les pierres de gué de la rivière.

À la sortie de la ville, Henry jeta des regards alentour tandis qu'ils s'engageaient sur la route qui serpentait vers l'ouest. La beauté âpre et austère du paysage s'accordait à son humeur. Le relief escarpé se détachait sur un ciel sans nuages, la neige scintillait avec tant d'éclat qu'il en avait mal aux yeux, d'un blanc étincelant sur les crêtes, plus sombre au creux des vallons, et plus encore dans les ravins hérissés d'arbres et de rochers.

La dernière fois où les quatre frères Dreghorn s'étaient retrouvés à la maison remontait à dix ans. L'aubaine dont avait profité la famille en acquérant le domaine leur avait permis de réaliser leurs rêves, où que ceux-ci les mènent. Benjamin avait abandonné son ministère de pasteur à l'église pour partir en Palestine se consacrer à l'archéologie biblique. Ephraim avait suivi sa passion de la botanique jusque dans le sud de l'Afrique. Ses lettres regorgeaient de dessins de plantes fabuleuses, que l'on ne trouvait que dans ce pays, et qui se révélaient pour la plupart si utiles à l'humanité.

Nathaniel, le seul autre frère à s'être marié, s'était embarqué vers l'Amérique afin d'étudier la géologie extraordinaire du pays et explorer des particularités inconnues en Europe. Il s'était même aventuré très loin dans l'Ouest, jusqu'aux formations rocheuses des territoires désertiques et à la grande faille de San Andreas, en Californie. C'était là qu'il avait succombé à une fièvre, laissant sa veuve Naomi revenir seule cette fois-ci.

Dans sa lettre, Antonia avait écrit qu'ils rentreraient tous pour Noël, même si leur retour promettait d'être amer et très différent des fois précédentes. Qu'Antonia ait réclamé la présence de son parrain n'était guère surprenant. Elle avait de terribles nouvelles à annoncer et n'avait pas d'autre famille pour l'aider. Ses parents étaient morts jeunes, et elle n'avait ni frère ni sœur, seulement un fils de neuf ans, Joshua, aussi endeuillé qu'elle.

Henry avait toujours connu Antonia, d'abord comme une enfant grave et heureuse, curieuse d'apprendre et passant tout son temps à lire. Elle ne s'était jamais lassée de lui poser des questions. Ils avaient été amis dans la découverte.

Par la suite, lorsqu'elle était devenue une jeune femme, une sorte de timidité avait mis une distance entre eux deux. Antonia s'était alors confiée avec plus de réticence, mais Henry n'en avait pas moins été le premier à être au courant de son amour pour Judah et, comme ses parents n'étaient plus là, c'était lui qui l'avait accompagnée à l'autel le jour de son mariage.

Mais à présent, que pouvait-il faire pour elle ?

Henry s'emmitoufla plus étroitement dans la couverture et regarda droit devant lui. Bientôt, il apercevrait le bouclier étincelant d'Ullswater et, par une journée aussi claire, les montagnes qui se dressaient derrière : le Helvellyn, au sud, et les monts du Blencathra, au nord. Les petits lacs d'altitude devaient être gelés, bleutés sous les ombres. Certains animaux sauvages auraient revêtu leur blanche parure d'hiver, et les cerfs seraient descendus dans les vallées. Les bergers partiraient à la recherche de leurs brebis égarées. Henry esquissa un sourire. Les brebis survivaient très bien sous la neige ; leur haleine tiède formait un cône à travers lequel respirer, et l'odeur de leur sueur les rendait assez faciles à retrouver par n'importe quel chien de troupeau digne de ce nom.

Le domaine des Dreghorn s'étendait sur un terrain en pente qui dominait le lac, à quelques kilomètres du village. Les terres, les plus vastes à des lieues à la ronde regroupant de riches pâturages, des bois, des rivières et des fermes de métayers, descendaient vers les rives du lac sur plus de deux kilomètres. Le manoir, construit en pierres de la région, comportait deux étages et était orienté vers le sud.

Après avoir franchi les grilles, ils remontèrent l'allée. Antonia apparut si vite sur le seuil qu'elle avait dû les attendre, guettant derrière la fenêtre. Elle était grande, avec des cheveux lisses et bruns, et Henry se rappela qu'elle possédait cette beauté paisible singulière, qui traduisait une paix intérieure que les contrariétés du quotidien ne parvenaient pas à perturber.

À cet instant, alors qu'elle se hâtait vers lui, ses amples jupes noires frôlant le gravier, il était évident que de la colère et de la peur troublaient son chagrin. Sa peau était pâle, son visage tendu, et ses yeux sombres étaient creusés de cernes.

Il descendit aussitôt et s'avança à sa rencontre.

— Henry ! Je suis heureuse que vous soyez venu, s'empressa de dire Antonia. Je ne sais plus comment arriver toute seule à faire face !

Il l'entoura de ses bras, sentit la raideur de ses épaules et l'embrassa doucement sur la joue.

— J'espère que vous n'avez pas douté que je viendrais, ma chère, répliqua-t-il. Ni que je ferais tout ce qui serait en mon pouvoir pour vous aider.

Antonia se dégagea de son étreinte, et soudain, ses yeux se remplirent de larmes. Ce ne fut qu'à grand-peine qu'elle maîtrisa sa voix.

— La situation est encore plus épouvantable que ce que je vous ai écrit dans ma lettre. Je suis désolée... Je ne sais pas comment m'y prendre pour me battre. Et je redoute de parler à Benjamin et à Ephraim quand ils vont arriver. Je crois que la veuve de Nathaniel va venir aussi. Vous ne connaissez pas Naomi, n'est-ce pas ?

— Non, je ne l'ai jamais rencontrée.

Henry observa le visage d'Antonia, se demandant quelle nouvelle pouvait être plus épouvantable que la mort de Judah.

La jeune femme se retourna.

— Entrez dans la maison, dit-elle, la gorge nouée. Dehors, il fait froid. Wiggins apportera vos affaires et les montera dans votre chambre. Voulez-vous du thé et des *crumpets*[1] ? Il est encore tôt, mais vous venez de faire une longue route.

Continuant à parler trop vite, Antonia l'entraîna en haut des marches et par-delà la grande porte d'entrée sculptée.

1. Sorte de petites crêpes épaisses. (*N.d.T.*)

— Il y a du feu au salon, et Joshua est encore à l'école. C'est un garçon brillant, vous savez. Il a beaucoup changé depuis la dernière fois que vous l'avez vu.

Dans le vestibule, la température était plus agréable, mais ce n'est qu'en entrant dans le petit salon aux murs teintés d'ocre rouge, où des bûches flambaient dans l'âtre, que la chaleur le détendit quelque peu. Content de s'asseoir dans l'un des immenses fauteuils, Henry attendit que la bonne ait apporté le thé et les *crumpets* imprégnés de beurre fondu.

Ils en avaient déjà mangé la moitié lorsqu'il se décida à rompre le silence.

— Je pense que vous feriez mieux de m'expliquer quel autre problème vous inquiète, dit-il avec douceur.

Antonia prit une longue inspiration et poussa un long soupir avant de lever les yeux vers son parrain.

— Ashton Gower dit que Judah l'a escroqué, commença-t-elle d'une voix tremblante. Il prétend que, légalement, la totalité du domaine aurait dû lui revenir, et que Judah l'a fait emprisonner de façon inique pour ensuite le lui voler.

Henry fut si stupéfié par sa déclaration qu'il eut l'impression de recevoir un coup de poing en pleine figure. Judah Dreghorn, qui avait occupé la fonction de juge au tribunal de Penrith, était l'homme le plus honnête qu'Henry eût jamais rencontré. L'idée qu'il ait escroqué qui que ce soit était absurde.

— C'est ridicule ! répliqua-t-il aussitôt. Personne ne le croira. Il faut que votre homme d'affaires le prévienne que si jamais il répète une accusation aussi grotesque et entièrement fausse, vous le poursuivrez en justice.

Un pâle sourire effleura les lèvres d'Antonia.

— C'est ce que j'ai fait. Mais Gower n'en a pas tenu compte. Il maintient que Judah lui a pris le domaine après l'avoir accusé injustement et emprisonné, alors même qu'il savait qu'il était innocent, tout ça pour acheter la propriété à bas prix ! Et, bien sûr, c'était avant la découverte du site viking.

Henry se sentait tout à fait perdu.

— Je crois qu'il vaudrait mieux que vous me racontiez l'histoire depuis le début. Je n'ai aucun souvenir d'Ashton Gower, et j'ignore tout de ce site viking. Que s'est-il passé, Antonia ?

La jeune femme termina son thé, comme pour se donner le temps de rassembler ses pensées. Elle ne regardait pas son parrain, mais fixait les flammes qui dansaient dans l'âtre. Dehors, le soir tombait déjà, et le soleil couchant qui embrasait le ciel d'hiver allumait des lueurs orange et dorées derrière les fenêtres du côté sud.

— Il y a des années, la famille d'Ashton Gower était propriétaire de ce domaine, expliqua Antonia. À l'origine, il appartenait à la famille Colgrave, mais la veuve Colgrave qui en a hérité a épousé Geoffrey Gower avec qui elle a eu un fils, Ashton, et c'est bien entendu à lui que Geoffrey l'a légué. Au départ, les choses semblaient très simples, jusqu'au jour où Peter Colgrave, un parent de l'autre branche de la famille, a soulevé la question de savoir si les actes de propriété étaient authentiques.

— Les actes du domaine ? s'étonna Henry. Comment ne l'auraient-ils pas été ? Le père de Gower en était sans doute devenu le propriétaire légal, après son mariage avec la veuve Colgrave ?

— Le problème tournait autour d'une question de dates…

La jeune femme paraissait lasse, à bout de forces. Cette histoire lui était malheureusement familière, même si elle lui demeurait par ailleurs inexplicable.

— … concernant le mariage de Mariah Colgrave, la mort de son beau-frère et la naissance de Peter Colgrave.

— Et ce Colgrave a contesté le droit de Gower sur le domaine ? interrogea Henry.

Antonia sourit d'un air lugubre.

— En fait, il a affirmé que les actes de propriété étaient des faux, et qu'Ashton Gower les avait trafiqués en vue d'hériter lui-même du domaine, alors qu'il aurait dû lui revenir. Comme il a tenu à porter l'affaire en justice, elle a fini par arriver sur le bureau de Judah, à Penrith. La première fois qu'il a examiné les actes, il a dit qu'ils lui paraissaient parfaitement valables, mais il les a conservés et les a réexaminés de plus près. Judah a commencé alors à avoir des doutes et les a apportés à un expert en contrefaçon très réputé à Kendal. Celui-ci lui a confirmé que les actes n'étaient en rien conformes. Et s'est dit prêt à en témoigner.

Henry se pencha en avant.

— Et il l'a fait ? s'enquit-il avec curiosité.

— Oh, oui ! Ashton Gower s'est retrouvé accusé d'avoir fabriqué des faux en écriture et a été reconnu coupable. Judah l'a condamné à onze ans de prison. Il vient juste d'être relâché.

— Et le domaine ?

Henry devinait toutefois sans mal la réponse. Peut-être aurait-il dû s'en douter, mais lors de ses visites, ils avaient toujours eu des choses plus heureuses à discuter, des rires, de la bonne chère et des conversations agréables à partager.

Antonia remua un peu sur son fauteuil.

— Colgrave en a hérité, répondit-elle d'une voix triste. Cependant il ne souhaitait pas vivre ici. Il a mis le domaine en vente à un prix très raisonnable.

En fait, je crois qu'il avait des dettes à rembourser. Il vivait de façon extravagante. Judah et ses frères ont mis chacun ce qu'ils pouvaient, Judah apportant de loin la plus grosse somme, et ils l'ont acheté. C'est ici que Judah et moi avons vécu. Et que Joshua est né…

L'émotion brisa sa voix, et il lui fallut quelques secondes avant de se reprendre.

Henry attendit en silence.

— Je n'ai jamais aimé un endroit comme j'aime celui-ci ! s'exclama Antonia avec une passion soudaine. Pour la première fois, je me sens complètement chez moi.

Elle agita la main d'un geste impatient.

— Pas à cause de la maison. Elle est belle, bien sûr, c'est une demeure magnifique ! Mais je veux parler de la terre, des arbres, de la façon dont la lumière tombe sur l'eau…

Soudain, elle dévisagea son parrain.

— Vous souvenez-vous de ces longs crépuscules sur le lac en été, des ciels du soir ? Les vallées aux prairies si vertes qu'elles ondulent comme du velours jusqu'à l'horizon, ces arbres si luxuriants qu'ils ondoient comme des nuages au ras du sol ? Et la forêt au printemps, ou ce jour où nous avons remonté Striding Edge jusqu'au Helvellyn ?

Henry se garda de l'interrompre. Se remémorer des choses belles et douloureuses faisait partie du deuil.

Antonia demeura silencieuse un instant, puis reprit son récit.

— Il va de soi que le domaine a aussi une grande valeur financière, ce qui était déjà le cas avant qu'on découvre le site viking. Il y a les fermes, les maisons sur la rive… Largement de quoi permettre à Benjamin, Ephraim et Nathaniel de se consacrer à leurs passions.

Son visage se crispa légèrement.

— Et, depuis la mort de Nathaniel, à Naomi, bien sûr…

— Quel est ce site viking auquel vous ne cessez de faire allusion ? demanda Henry.

— Le berger d'une des fermes a trouvé une pièce en argent qu'il a apportée à Judah. Comme les monnaies l'ont toujours intéressé, il a tout de suite su ce que c'était, dit Antonia dans un sourire. Je me souviens qu'il était ravi, il trouvait ça très romantique. Il s'agissait d'une pièce anglo-saxonne de l'époque d'Alfred le Grand, qui a vaincu les Danois, ou du moins les a tenus en respect, vers la fin du IXe siècle. Elle faisait vraisemblablement partie du tribut du Danelaw[1], car le reste était de l'argenterie viking – des bibelots, des bijoux et des harnais. Quand nous avons exhumé l'ensemble du trésor, nous avons aussi retrouvé des broches et des bracelets de l'Irlande norroise, des colliers scandinaves, des boucles de la France carolingienne… et puis des monnaies en provenance d'un peu partout – des pièces islamiques d'Espagne, d'Afrique du Nord, du Proche-Orient, et même d'aussi loin que d'Afghanistan !

Son émerveillement se prolongea un instant avant de s'évanouir pour revenir au présent.

— Judah a bien entendu fait appel à des archéologues professionnels, poursuivit Antonia. Et ils ont procédé à des fouilles minutieuses. Il leur a fallu un été entier, mais ils ont mis au jour les ruines d'un

1. Nom donné au territoire nord-est anglais sous domination danoise au Moyen Âge. (*N.d T.*)

édifice, et à l'intérieur de celui-ci ce trésor, pièces et objets. La plupart des choses sont parties dans un musée, mais pas mal de gens viennent voir celles que nous avons conservées et, naturellement, ils séjournent au village. Nos chaumières au bord du lac sont louées pratiquement tout au long de l'année.

— Je vois…

Antonia regarda Henry droit dans les yeux.

— Nous n'avions pas la moindre idée de ce qui était enfoui là à l'époque où nous avons acheté le domaine ! Personne ne s'en doutait. Et d'ailleurs, tout le village profite de ces visiteurs.

— Gower laisse-t-il entendre que vous étiez au courant de l'existence du butin ?

— Pas en termes aussi explicites, mais il le laisse entendre.

— Que dit-il exactement ?

Tant qu'il ne connaîtrait pas la vérité, aussi affreuse et affligeante soit-elle, il ne pourrait pas aider Antonia à récuser l'accusation. L'idée que Judah, d'entre tous les hommes, soit accusé de malhonnêteté lui était extrêmement pénible.

— Que les actes de propriété étaient authentiques, répondit Antonia. Et que Judah l'a toujours su et a soudoyé l'expert pour qu'il mente, de telle manière que Colgrave puisse hériter, revendre le domaine aussitôt à bas prix étant donné qu'il avait besoin de l'argent, et que Judah pourrait alors l'acheter et prétendre avoir découvert le butin après coup.

Henry vit tout de suite que l'accusation était grotesque, mais qu'elle risquait néanmoins d'être très difficile à réfuter dans la mesure où elle ne reposait sur aucune preuve raisonnable. De toute évidence, Gower était un homme amer, qui avait été puni pour un crime particulièrement stupide, et qui se démenait à présent pour chercher une sorte de vengeance, au lieu d'essayer de reconstruire sa vie au mieux après de longues années de prison.

— Personne ne l'a cru, j'imagine ? L'expert a lui-même déclaré que les actes de propriété étaient des faux, et rien ne permet de supposer que quelqu'un avait connaissance du site viking. Ce trésor devait être caché là depuis des siècles. Aucun des ancêtres de Gower n'était au courant, n'est-ce pas ?

— Non ! Personne n'en avait la moindre idée, confirma Antonia.

— C'est une chance.

— Je sais. Sauf que Gower soutient que nous avons attendu un bon moment, histoire de donner l'impression que nous n'étions pas au courant. Toujours est-il que si les actes étaient authentiques, cela ne change rien. Ce n'est qu'un petit mensonge ajouté à un plus gros…

La voix d'Antonia faiblit légèrement. Le feu flambait avec moins de vigueur, et la lueur de la lampe atténuait le chagrin perceptible sur son visage.

— Pouvez-vous imaginer quelque chose de pire que d'envoyer un homme innocent en prison et de salir sa réputation dans le but de lui voler son héritage ? C'est ce que Gower affirme que Judah a fait. Et aujourd'hui, il n'est même plus là pour se défendre !

Antonia n'était pas loin de perdre le contrôle d'elle-même. Le masque qu'elle prenait soin d'afficher, et qui lui coûtait tant, commençait à se craqueler.

Henry sentit qu'il devait se hâter de lui dire quelques mots, mais il fallait qu'ils soient à la fois utiles et vrais. Apporter un faux réconfort à Antonia ne ferait qu'empirer les choses par la suite, et bien qu'elle soit à même de comprendre sa réaction, elle ne lui accorderait plus jamais sa confiance.

— Gower a proféré ces accusations avant la mort de Judah ? demanda-t-il.

La vérité des faits n'offrait qu'un piètre refuge, mais il ne voyait pas d'autre solution.

Antonia leva les yeux.

— Oui. À peine sorti de la prison de Carlisle, il est revenu directement ici.

D'un seul coup, la colère s'empara d'elle.

— Pourquoi n'est-il pas allé ailleurs, recommencer une nouvelle vie dans un endroit où personne ne le connaissait ? S'il était parti à Liverpool ou à Newcastle, personne n'aurait su qu'il avait fait de la prison, il aurait pu repartir de zéro ! Je n'ai jamais vu un homme en proie à une telle rage. Je l'ai croisé l'autre jour dans la rue, et il me fait peur…

Elle avait l'air affolé. Ses yeux magnifiques étaient immenses et vides, son visage blanc comme de la craie.

— Vous ne pensez quand même pas qu'il s'en prendrait à vous ? s'indigna Henry.

Les lumières étaient les mêmes qu'une seconde plus tôt, et les braises encore brûlantes, mais la pièce sembla soudain s'être assombrie.

— Antonia ?

— Non, répondit calmement la jeune femme en détournant le regard. Vous me demandez s'il s'en est vraiment pris à Judah ?

Elle prit une profonde inspiration.

— Nous étions allés au village écouter un récital de violon. La soirée a été merveilleuse. Malgré l'heure tardive, nous avions emmené Joshua, sachant qu'il adorerait ça. Il va devenir l'un des grands musiciens de son époque, vous savez. Il a déjà composé quelques pièces simples très belles et pleines de cadences originales. Joshua avait emporté une de ses compositions, et le violoniste l'a jouée. Il lui a même demandé s'il pouvait en garder un exemplaire.

À ce souvenir, son visage rayonna de fierté.

— Peut-être deviendra-t-il le Mozart anglais, suggéra Henry.

Antonia se tut quelques secondes, luttant pour se ressaisir.

— Peut-être, convint-elle finalement. Quand nous sommes rentrés à la maison, il était dix heures passées. J'ai mis Joshua au lit. Il était tellement excité qu'il aurait voulu rester debout toute la nuit ! Judah m'a dit qu'il avait envie d'aller marcher. Il était resté assis toute la soirée. Et… il n'est jamais revenu.

Cette fois encore, il lui fallut plusieurs secondes avant de pouvoir continuer.

— Au bout d'un moment, j'ai réveillé Mrs. Hardcastle, et nous avons fait venir Wiggins. Le majordome, le valet de pied et lui sont partis avec des lanternes à la recherche de Judah. Cette nuit a été la plus longue de ma vie… À trois heures du matin, ils sont revenus en disant qu'ils l'avaient trouvé dans la rivière. Apparemment, Judah avait voulu traverser dans le noir sur les pierres du gué et avait glissé. Elles sont très lisses à cet endroit-là, et il arrive qu'elles soient gelées. Il y a une petite cascade à quelques mètres en aval. Ils pensent qu'il a glissé, s'est cogné la tête… et que le courant l'a emporté.

— Où cela ? L'eau n'est pas très profonde.

L'endroit qu'il avait en tête était-il le bon ? En avait-il gardé un souvenir exact ?

— Non, mais il n'est pas nécessaire qu'elle le soit pour se noyer, répondit Antonia. Si Judah avait été conscient, il serait remonté sur la berge, cela va de soi. Il aurait peut-être attrapé une pneumonie à cause du froid, mais il serait encore en vie !

La jeune femme respira un grand coup.

— À présent, je dois faire face à ces propos diffamatoires à sa place, dit-elle en regardant son parrain dans les yeux. Le perdre est déjà assez dur, mais entendre Ashton Gower tenir des propos aussi vils, et craindre que quelqu'un puisse y croire, c'est plus que je ne peux supporter ! Je vous en prie, aidez-moi à prouver que tout cela n'est qu'un abominable mensonge. Pour Judah… et pour Joshua !

— Vous pouvez compter sur moi, dit Henry sans hésiter. En auriez-vous douté ?

— Non, je n'en doutais pas, rétorqua Antonia en lui souriant. Merci.

Le souper fut servi de bonne heure, et ils se retrouvèrent tous les trois dans la salle à manger. Henry évita de s'asseoir au bout de la table, à la place de Judah. C'eût été une attitude indélicate vis-à-vis d'Antonia, mais également du petit Joshua à la mine grave et pâle, qui n'avait pas encore fêté son dixième anniversaire et se retrouvait privé de son père aussi brutalement.

Henry ne connaissait pas très bien l'enfant. La dernière fois qu'il l'avait vu, Joshua n'avait que cinq ans et passait la majeure partie de son temps dans sa chambre. Il jouait déjà du piano et se montrait trop passionné pour prêter attention à un monsieur d'âge mûr venu passer chez lui une semaine d'été, et qu'intéressaient plus les promenades dans les collines que les leçons de musique.

Le petit garçon était à présent assis là, le regard solennel, en train de manger ce qui se trouvait dans son assiette parce qu'on l'en avait prié, les yeux rivés sur le mur en face de lui – quelque part entre un tableau hollandais représentant des vaches en train de paître au milieu d'un champ paisible et une marine tout aussi plate des marais de Romney, où la lumière scintillait sur l'eau tel de l'étain.

Les domestiques allaient et venaient au rythme des plats, se déplaçant à pas feutrés avec discrétion.

Henry adressa la parole à Joshua à une ou deux reprises et reçut à chaque fois une réponse réfléchie. Lui-même avait un fils, mais Oliver était un homme adulte, l'un des avocats les plus distingués du barreau de Londres, célèbre pour son talent devant une cour pénale. Henry avait de la peine à se rappeler à quoi il ressemblait à neuf ans. Sans doute avait-il lui aussi été intelligent, précoce dans son apprentissage de la lecture et, autant qu'il s'en souvenait, son goût pour les livres. Un enfant curieux, et des plus péremptoires. De cela, Henry gardait un souvenir précis ! Mais cette époque remontait déjà à près de trente ans, de sorte que le reste lui semblait flou.

Il tenait à parler à Joshua pour ne pas lui donner l'impression d'être indifférent.

— Ta mère m'a raconté que tu avais composé un morceau de musique que le violoniste a joué au concert. Voilà qui est très bien.

Joshua le regarda de son air sérieux. C'était un bel enfant aux grands yeux sombres, comme ceux de sa mère, mais qui avait le front et le port de tête de son père.

— Ce n'était pas tout à fait comme je l'aurais voulu, répliqua le petit garçon. J'aurais dû travailler davantage. Je pense que le morceau se termine un peu trop tôt… et qu'il est trop rapide.

— Je vois. Mais savoir ce qui ne va pas, c'est déjà avoir parcouru la moitié du chemin pour améliorer les choses, rétorqua Henry.

— Vous aimez la musique ? demanda Joshua.

— Oui, beaucoup. Je joue moi-même un peu de piano.

À la vérité, il se montrait modeste, car il possédait un certain don.

— Mais je ne compose pas, se hâta-t-il d'ajouter.

— Qu'est-ce que vous savez faire ?

— Joshua ! le réprimanda sa mère.

— Ce n'est rien, s'empressa de dire Henry. Sa question est pertinente.

Il se tourna vers le petit garçon.

— Je suis bon en mathématiques, et j'aime inventer des choses.

— Vous voulez dire, l'arithmétique ?

— Oui. Mais également l'algèbre et la géométrie.

Joshua fronça les sourcils.

— Ça vous plaît, ou c'est parce que vous êtes obligé ?

— Ça me plaît, répondit Henry. Il s'en dégage une sorte de sens qui est d'une grande beauté.

— Comme la musique ?

— Oui, absolument.

— Je comprends…

Puis la conversation retomba, apparemment à la grande satisfaction de Joshua.

Après le repas, suivi d'une demi-heure passée au coin du feu, Henry s'excusa en disant qu'il avait envie d'aller faire un tour pour se dégourdir les jambes. Il ne demanda pas à Antonia à quel endroit Judah était mort, mais dès qu'il eut enfilé son manteau et ses bottes, ainsi qu'un chapeau et une écharpe, il se renseigna auprès de Wiggins, qui le lui expliqua.

Il était presque huit heures et demie, et la nuit était d'un noir intense, à l'exception de la lueur de la lanterne qu'il tenait à la main, et des rares lumières qu'il apercevait au village, distant de trois kilomètres. Le bruit de ses pas sur le gravier résonnait dans le silence qui l'enveloppait de toutes parts.

Henry avançait avec une extrême lenteur, sans être sûr de son chemin, inquiet à l'idée de marcher sur la pelouse ou de buter contre la grille. Il lui fallut plusieurs minutes avant que ses yeux s'accoutument suffisamment pour voir devant lui à la lueur des étoiles et distinguer le fin réseau noir que dessinaient les branches nues sur le ciel. Alors même, il les discerna davantage comme masquant les points lumineux que comme une silhouette d'arbre. La lune en forme de faucille – une simple courbe argentée semblable à une corne – ne changeait pas grand-chose.

Pourquoi diable Judah Dreghorn était-il allé se promener si tard par une nuit pareille ? Le froid piquait la peau. Une légère brise soufflait du sud-ouest, depuis les sommets enneigés du Blencathra. Ici dans la vallée, il gelait à pierre fendre, mais aucune blancheur irisée ne se reflétait sur le sol. Henry resserra son écharpe autour de son cou et la remonta sur ses oreilles, puis avança sur ce qu'il espérait être le chemin que Wiggins lui avait indiqué. D'après lui, la distance jusqu'à la rivière était d'environ un kilomètre et demi.

Judah n'était pas seulement sorti faire un tour – persister à le croire eût été stupide ! Le récital avait été splendide, en même temps qu'un triomphe pour Joshua. Pour quelle raison un homme abandonnerait-il sa femme et son fils après un tel événement, et irait marcher en tâtonnant sur le sol gelé en pleine nuit noire et sur plus d'un kilomètre ?

À cela près que l'accident remontait à une semaine, et que la lune devait être à moitié pleine et répandre plus de lumière. Sortir n'en était pas moins une idée étrange – même si c'était la pleine lune –, et pourquoi aller si loin ?

Judah avait marché jusqu'à la rivière qu'il avait voulu traverser. Il avait donc eu l'intention de se rendre de l'autre côté. Pour aller où ? Henry aurait dû demander à Antonia à quel endroit se trouvait le site viking. Mais pourquoi Judah serait-il allé là-bas en pleine nuit ? Pour rencontrer quelqu'un de toute urgence, ou avec qui il ne souhaitait pas être vu.

Henry suivait une sorte de sentier. S'il tenait la lanterne à bout de bras, il arrivait à marcher à une vitesse presque normale. Le froid était mordant. Il se félicita d'avoir mis des gants, ce qui n'empêchait pas ses doigts d'être tout engourdis.

Qui Judah serait-il allé retrouver en secret de l'autre côté de la rivière à cette heure de la nuit ? Une réponse s'imposait immédiatement à l'esprit : Ashton Gower. S'il s'était agi d'un autre homme que Judah, Henry aurait pu imaginer que celui-ci avait cherché un arrangement, un compromis concernant le jugement et les actes de propriété – et l'accusation qui s'était ensuivie pour Gower –, sauf que Judah n'avait jamais usé de faux-fuyants face à la vérité.

En outre, s'il avait pris Gower en pitié d'une quelconque manière, c'eût été ouvertement, devant des juristes et des notaires. Et s'il avait proféré la moindre menace, là encore, c'eût été de façon franche et directe.

Peut-être n'était-ce pas Gower, mais quelqu'un d'autre. Qui ? Et pourquoi ? Aucune réponse satisfaisante ne lui vint à l'esprit.

Le terrain se mit à monter, et Henry se pencha pour lutter contre la bise. Le froid lui cinglait le visage. Il entendait la rivière se précipiter sur les pierres ; quelque part au loin, un renard glapit, et le son angoissant le surprit tellement qu'il faillit lâcher la lanterne.

Il avançait à pas lents, brandissant la lanterne de manière à projeter la lueur devant lui. Même en la tenant ainsi, il faillit rater le chemin qui menait aux pierres de gué. L'eau, d'un noir huileux, coulait à toute vitesse, formant une zone pâle à l'endroit où la surface était hérissée de bosses aux angles vifs. Il réalisa tout à coup que c'était la petite cascade qu'il cherchait. Les pierres du gué se trouvaient à une trentaine de mètres en amont, lisses et presque plates.

Dès qu'il les eut rejointes il les observa de près et aperçut du givre aux endroits où le vent glacial avait gelé l'eau qui coulait sur les pierres. Qu'est-ce que Judah avait bien pu avoir en tête pour espérer tenir debout là-dessus ? Quelle pensée avait absorbé son esprit au point qu'il ait pris un tel risque ?

Perplexe et accablé de tristesse, Henry fit demi-tour et repartit vers le manoir.

Le lendemain matin, il fut réveillé par la gouvernante, Mrs. Hardcastle. Elle lui souriait, le plateau du thé dans les mains. Henry s'assit, étonné d'entrevoir la lumière du jour. Cela signifiait qu'il devait être plus près de neuf heures que de huit heures du matin.

— Et pourquoi pas ? demanda-t-elle avec raison lorsqu'il lui reprocha de l'avoir laissé dormir. Vous avez fait une longue route, hier. Tout ce chemin depuis Londres !

Mrs. Hardcastle déposa le plateau, lui versa du thé, puis alla ouvrir les rideaux.

— Il ne fait pas aussi beau, aujourd'hui, commenta-t-elle avec entrain. Vous voudrez mettre tous vos lainages, pour sûr ! Le vent souffle du lac, et il y a de la neige dedans, ça se sent. C'est à vous arracher la peau de la figure, quand il souffle comme ça !

Elle se retourna vers Henry.

— Mrs. Dreghorn m'a chargée de vous prévenir que Mr. Benjamin arrive aujourd'hui. D'après son télégramme, il sera à Penrith à midi. Nous irons le chercher, du moins si le temps nous laisse un peu de répit ! Sinon, il sera obligé d'attendre là-bas à l'auberge, ce qui serait dommage, vu qu'il arrive de loin lui aussi.

Mrs. Hardcastle n'avait que peu idée de la réalité si elle pouvait comparer un trajet en train depuis Londres au périple que Benjamin Dreghorn avait dû effectuer en chemin de fer, bateau et qui sait quoi encore pour venir de Palestine jusqu'à la région des Lacs au cœur de l'hiver. Mais Henry s'abstint d'en faire état, étant donné que la pauvre femme devait tout juste savoir lire et écrire. La géographie ne faisait pas forcément partie de ses priorités.

— En effet, dit-il en buvant une gorgée de thé. Espérons que le temps nous sera favorable.

Il en alla toutefois tout autrement. À dix heures et demie, lorsque Henry s'installa dans la voiture attelée avec Wiggins, de gros nuages s'amoncelaient au nord et à l'ouest des monts du Blencathra, assombrissant le paysage et promettant de nouvelles chutes de neige. Wiggins secoua la tête avec une moue dubitative, avant d'ajouter quelques couvertures supplémentaires pour ses passagers.

Ils étaient déjà à mi-chemin de Penrith lorsque le ciel s'obscurcit ; brusquement, un vent violent se leva tandis que tombaient les premiers flocons. Henry n'avait pas revu Benjamin Dreghorn depuis de longues années. En temps normal, il se serait réjoui de ces retrouvailles, mais, compte tenu des circonstances, il s'attendait à des instants pénibles. Il avait proposé d'aller le chercher afin d'épargner à Antonia d'avoir à lui annoncer la nouvelle. Voilà encore quelques semaines, au moment où Benjamin était parti de Palestine, rien d'autre que du bonheur n'était en vue – un Noël en famille. L'amertume que lui réservait son retour serait tout à fait inattendue.

Alors qu'ils parcouraient les derniers kilomètres, Henry se recroquevilla sous la couverture en sentant la neige lui fouetter le dos. Il espérait que le train n'avait pas pris de retard. Si la neige était tombée en abondance sur Shap Fell, elle risquait de retenir le convoi. Ils devraient simplement l'attendre. Il se retourna sur son siège pour regarder derrière lui, mais il ne vit rien d'autre que la neige d'un blanc grisâtre qui tourbillonnait ; même les collines et les pentes les plus proches avaient disparu.

Wiggins rentra les épaules, son chapeau enfoncé jusqu'aux oreilles. Le poney avançait péniblement, mais régulièrement. Henry s'efforça de rassembler ses pensées, soucieux d'annoncer le drame à Benjamin avec le plus de ménagement possible.

En fin de compte, le train n'arriva qu'avec vingt minutes de retard sur l'heure prévue. La neige commençait à former des congères par endroits, mais comme la bise l'avait poussée du côté sous le vent à Shap, la ligne n'avait pas été trop affectée.

Sur le quai, Henry regarda les portières des wagons s'ouvrir en cherchant la haute silhouette de Benjamin parmi la dizaine de passagers qui descendirent du train. Il fut le dernier à arriver, une grosse valise dans chaque main et un grand sourire aux lèvres.

Sentant sa poitrine se serrer, Henry dut prendre sur lui pour aller à sa rencontre.

— Henry Rathbone ! s'exclama Benjamin avec un plaisir qui n'avait rien d'affecté.

Il déposa ses valises avec précaution sur le quai recouvert de neige et lui tendit la main.

Henry la serra dans la sienne, puis se pencha pour prendre une des valises.

— C'est bon de vous revoir ! s'enthousiasma Benjamin. Vous restez pour les fêtes de Noël ? fit-il en soulevant l'autre valise. Quel temps épouvantable ! Mon Dieu, c'est tout de même magnifique, non ? Après le désert, j'avais oublié à quel point tout paraît propre, ici. Et puis il y a de l'eau partout !

Il se remit en marche, et Henry dut faire un effort pour marcher à son rythme.

— Avant, je détestais la pluie, continua Benjamin. Mais je sais maintenant que l'eau, c'est la vie. On apprend à l'apprécier à sa juste valeur quand on vit en Palestine. Vous n'imaginez pas comme c'est excitant de marcher là où le Christ a lui-même marché !

Une rafale de vent glacial les cingla en plein visage lorsqu'ils tournèrent au coin de la rue. Il leur fallut dix minutes pour échanger des salutations avec Wiggins, charger les bagages et sortir de la ville, avant de reprendre la route en direction de l'ouest.

Benjamin poursuivit son récit.

— Si vous saviez où je suis allé, Henry ! J'ai arpenté les rives de Galilée et je me suis promené sur la colline même où le Christ a prononcé le Sermon sur la montagne. Vous vous rendez compte ? Je suis allé à Capharnaüm, Césarée, Bethléem, Tarsus et Damas, mais surtout, j'ai marché dans les rues de Jérusalem, et jusqu'au Golgotha. Et j'ai vu aussi Gethsémani, le jardin des Oliviers !

Sa voix traduisait son émerveillement. Malgré le vent et la neige, son visage brûlé de soleil rayonnait.

— Vous avez beaucoup de chance, dit Henry avec sincérité, bien que sa remarque pût sembler peu appropriée. Non seulement de voir ça, mais d'avoir conscience de ce que cela représente.

— J'ai acheté quelque chose de très spécial comme cadeau de Noël pour Joshua, reprit Benjamin. Je ne suis pas certain que ça lui plaira, mais ça viendra avec l'âge. Il est dans la valise marron, c'est pour ça que j'y fais si attention. Antonia le lui gardera, s'il le faut. Mais il doit avoir neuf ans, à présent. Je pense qu'il comprendra.

— Qu'est-ce que c'est ?

Benjamin se fendit d'un immense sourire. C'était un homme séduisant, à la charpente solide et aux dents impeccables.

— Un extrait des Saintes Écritures qui date d'une époque à peine postérieure à celle du Christ. Un manuscrit de six versets du Nouveau Testament, juste une page, mais vous imaginez ce qu'a dû ressentir l'homme qui a écrit ça ? Il est rangé dans une boîte en bois sculpté. Du beau travail. Et elle sent divinement bon. On m'a dit que c'était l'odeur de l'encens.

— Je suis sûr qu'il appréciera. Sinon maintenant, d'ici un an ou deux.

— Quand Judah va voir ça ! s'esclaffa Benjamin.

Henry ne pouvait plus reculer. Ne pas parler maintenant équivaudrait à mentir. Il se tourna de biais, le vent lui faisant pleurer les yeux.

— Benjamin, commença-t-il, si je suis venu vous chercher, ce n'est pas seulement parce que j'ai plaisir à vous revoir, mais parce que j'ai de très mauvaises nouvelles que je voulais éviter à Antonia de devoir elle-même vous annoncer…

La lumière et la joie se retirèrent du visage de Benjamin. Brusquement, son regard bleu devint vide. La neige tourbillonnante et le paysage sauvage semblèrent soudain hostiles, et le froid pénétrant jusqu'aux os.

Henry n'attendit pas davantage.

— Judah est mort voilà huit jours dans un accident. Il est sorti en pleine nuit et a glissé sur les pierres du gué gelées en traversant la rivière.

Benjamin le dévisagea.

— Mort ! Il n'a pas pu… l'eau n'a pas deux mètres de profondeur, et encore !

— Il a dû se cogner la tête sur les pierres.

Henry ne donna pas plus de détails. Une explication ne changerait rien à la réalité des faits.

— Que faisait-il dehors en pleine nuit ? interrogea Benjamin. Il n'y a rien, là-bas !

— Personne ne le sait. Il a juste dit qu'il voulait se dégourdir les jambes avant d'aller au lit. Il avait emmené Antonia et Joshua à un concert au village.

— Ça n'a pas de sens !

Henry ne discuta pas. Il était inutile de lui faire remarquer qu'un drame aussi inattendu en avait rarement.

Benjamin se retourna et regarda droit devant lui dans la tempête de neige, figé par le chagrin et l'incompréhension. Comment le monde pouvait-il ainsi changer en moins d'une seconde ?

Ils roulèrent pendant deux bons kilomètres sans prononcer un mot. Alors qu'ils abordaient le dernier tournant, la neige cessa de tomber, et un pan de bleu déchira le ciel. Une barre de lumière argentée miroitait à la surface du lac, d'un éclat éblouissant. Le village lui-même demeurait presque invisible sous les toits recouverts de neige.

Si Henry voulait parler à Benjamin de l'accusation de Gower, et éviter à Antonia d'avoir à le faire, il ne lui restait plus beaucoup de temps.

— Benjamin, ce n'est pas la seule chose que je doive vous dire avant que nous arrivions au manoir. Je préférerais dispenser Antonia, qui m'a mis au courant, de le répéter encore une fois.

Lentement, Benjamin se retourna.

— Judah est mort. Que peut-il y avoir d'autre ?

Son visage exprimait une profonde douleur. Il avait adoré son frère, auquel il avait voué une immense admiration. Une seule chose serait pire que devoir le mettre au courant de l'accusation de Gower : qu'il l'apprenne de la bouche de quelqu'un d'autre.

— Ashton Gower prétend que Judah l'a envoyé injustement en prison, dans le but de racheter le domaine, se contenta de résumer Henry. C'est absurde, cela va sans dire, mais il faut que nous trouvions un moyen de l'obliger à se rétracter, et à ne jamais plus formuler pareille accusation. Cette histoire est la cause d'une grande détresse.

— Ashton Gower est en prison, là où il doit être, rétorqua Benjamin avec une certaine froideur. Qui répand de tels mensonges, exactement ? Je vais y mettre un terme, et en recourant à la voie légale, s'il le faut !

Il s'exprimait avec énergie. C'était un homme puissant, comme tous les frères Dreghorn, mais il était aussi pourvu d'une remarquable intelligence. Benjamin avait suivi de brillantes études à l'université, si bien que sa famille avait été quelque peu surprise quand il avait décidé d'étudier la théologie. Cependant, lorsque les revenus tirés du domaine l'avaient dispensé de l'obligation de gagner sa vie, et qu'il avait décidé de poursuivre ses rêves d'érudition jusqu'en Terre sainte, tout le monde avait jugé son choix parfaitement naturel.

— Gower a purgé sa peine, précisa Henry. Il est libre et a, hélas, choisi de revenir près des Lacs.

— Depuis quand ?

— Environ un mois.

— Dans ce cas, j'irai lui parler en personne. Je m'étonne qu'on ne l'ait pas chassé du village. Quel genre d'homme irait calomnier les morts et ajouter au chagrin d'une veuve et de son enfant ? C'est un moins que rien !

— C'est un homme extrêmement désagréable... commença Henry.

— Un faussaire reconnu coupable, doublé d'un voleur en puissance ! coupa Benjamin. S'il n'y avait pas eu Colgrave, il s'en serait tiré sans aucun dommage.

— Mais il a lancé ses accusations du temps où Judah était encore en vie, précisa Henry. Je ne crois pas qu'il les ait répétées publiquement depuis, mais nul doute qu'il recommencera. Il est déterminé à blanchir son propre nom.

Benjamin éclata d'un rire bref, et la colère durcit ses traits.

Il ne restait plus de temps pour discuter. Ils approchaient des grilles du domaine. Henry sauta à terre pour aller les ouvrir, puis les referma derrière la voiture attelée. Il les suivit dans l'allée de gravier et arriva devant la porte à l'instant même où Antonia sortait sur le perron.

Benjamin sauta de la voiture, parcourut les quelques mètres qui le séparaient d'elle et la prit dans ses bras, la serrant tendrement contre lui telle une enfant meurtrie.

Puis, levant les yeux, il aperçut Joshua qui se tenait sur le seuil, paraissant tout petit entre les linteaux massifs de la porte, l'air gêné et malheureux.

Benjamin relâcha Antonia et monta les marches. L'espace d'une seconde, il sembla s'interroger sur la manière de traiter son neveu. Il hésita : pouvait-il le prendre dans ses bras ou devait-il lui serrer la main ?

Joshua ouvrit la bouche en demeurant parfaitement immobile.

— Bonjour, oncle Benjamin, dit-il tout bas.

Benjamin s'agenouilla devant lui.

— Bonjour, Joshua.

Lorsqu'il lui tendit les bras, l'enfant se laissa embrasser. Au bout d'un long moment, il passa ses bras autour du cou de Benjamin et posa la tête sur son épaule.

Sentant l'émotion le submerger à son tour, Henry se retourna vers Antonia. Il lui offrit son bras pour monter les marches, tandis que Wiggins les suivait avec les bagages.

Le matin suivant, Henry se leva de bonne heure, ne voulant pas rester au lit à ruminer. Lorsqu'il descendit dans la salle à manger, il trouva Benjamin déjà installé devant une assiette d'œufs au bacon, des saucisses du Cumberland et une énorme tranche de pain grillé. À la place de la marmelade, il y avait une confiture épaisse de couleur sombre dans un ravier. Henry se souvint que c'était de la *wetherslacks* – une sorte de petite prune acide qu'on appelait prune de Damas dans le reste de l'Angleterre –, et que c'était la préférée de Benjamin.

Ce dernier lui adressa un pauvre sourire.

— Bonjour, Henry. Je vais aller voir Colgrave dès ce matin. Il a dû neiger une bonne partie de la nuit ; la couche est épaisse. Nous pouvons prendre les chevaux. Sa maison n'est qu'à quelques kilomètres. Colgrave est un sale type obséquieux, et s'il avait une once de correction, il aurait déjà mis fin aux agissements de Gower, mais peut-être arriverons-nous à lui insuffler un peu de cran…

Il avala une nouvelle bouchée.

— Ou à faire en sorte qu'il ait plus peur de ce que nous serions en mesure de lui faire que de ce dont il pense Gower capable. Ephraim devrait arriver d'un jour à l'autre, mais il est impossible de dire le temps qu'il lui faudra pour venir en bateau depuis l'Afrique du Sud. Quel épouvantable retour !

— Antonia attend également Naomi, l'informa Henry.

— Je doute qu'elle nous soit d'une grande aide…

Les larges épaules de Benjamin se relâchèrent brusquement.

— Nathaniel continue à me manquer. Que nous arrive-t-il, Henry ? Judah était l'aîné, il n'avait que quarante-trois ans, et voilà que déjà deux d'entre nous sont morts ! Joshua est le seul héritier des Dreghorn.

— Pour l'instant.

— Prenez un petit déjeuner, proposa Benjamin sans relever sa remarque. Vous ne pouvez pas sortir par ce temps sans avoir pris un bon repas.

Et quoique la maison de Peter Colgrave ne fût qu'à deux kilomètres, le trajet s'avéra loin d'être aisé. La neige qui s'était accumulée pendant la nuit atteignait plus de cinquante centimètres par endroits.

Ils se dirigèrent vers le lac et traversèrent la rivière en aval, où était installé un gué sommaire, fabriqué à l'aide de deux longues dalles de pierre qui basculaient à chaque extrémité et reposaient sur une pierre centrale. À pied, en faisant très attention, il était possible de garder son équilibre, mais à cheval, on ne pouvait que patauger dans l'eau jusqu'aux jarrets avant de remonter sur l'autre berge.

Un kilomètre plus loin, ils aperçurent l'église en pierre à tour carrée qui jouxtait le presbytère et, à une centaine de mètres au-delà, la maison de Colgrave, elle aussi en pierre. C'était une belle bâtisse aux fenêtres très enfoncées et au toit aux ardoises impeccables. On devinait que l'argent de la vente du domaine avait servi à la réparer et à l'agrandir, ainsi qu'à construire de nouvelles écuries. Ce fut là qu'ils laissèrent leurs montures.

— Entrez, dit Colgrave, dissimulant mal sa surprise et son peu d'enthousiasme. Heureux de vous voir, Dreghorn. Mes sincères condoléances pour la mort de votre frère. Un terrible accident.

— Merci, dit brièvement Benjamin. Vous vous souvenez d'Henry Rathbone ?

— Pas vraiment, répondit Colgrave, qui toisait Henry en s'efforçant de remettre la silhouette élancée et le visage aquilin. Enchanté, Mr. Rathbone.

Henry lui répondit, mais eut de la peine à sourire. Colgrave était grand, avec une tendance à l'embonpoint, bien qu'il ne fût âgé que d'une quarantaine d'années. Ses cheveux châtain foncé encadraient un visage malin et songeur, quelque peu circonspect.

— Entrez, messieurs, les invita Colgrave.

Il les entraîna dans un vestibule lambrissé de bois et décoré de superbes portraits d'hommes et de femmes qui étaient sans doute ses ancêtres.

Dans son bureau, le feu flambait déjà, et il régnait une douce chaleur dans la pièce. Les rayonnages alignés sur les murs étaient remplis d'ouvrages reliés de cuir et gravés à l'or fin.

— Que puis-je pour vous ? s'enquit Colgrave. Si je peux vous aider d'une quelconque manière... Vous allez retourner en Orient ? En Palestine, je crois ? Ce doit être fascinant.

Ses propos s'adressaient à Benjamin. Colgrave considérait Henry comme sans importance, un simple ami venu lui tenir compagnie, ce qui n'était sans doute pas loin de la vérité.

— Pas tant que je n'aurai pas lavé le nom de mon frère, déclara Benjamin avec franchise.

— Oh ! soupira Colgrave. Oui... Une vilaine affaire.

Son visage se crispa d'un air de dégoût.

— Gower est un moins que rien, c'est révoltant. C'est un fraudeur, un tricheur, et voilà qu'il calomnie le nom d'un honnête homme ! Dommage qu'on ne puisse pas lâcher les chiens sur lui, ajouta-t-il avec un vague haussement d'épaules.

— Si c'était aussi simple, je n'aurais pas besoin de votre aide, rétorqua Benjamin. Vous avez vu les actes originaux qu'il prétend être authentiques ?

Colgrave leva un sourcil.

— Bien entendu. L'imitation était si grossière que je ne comprends pas comment qui que ce soit a pu se laisser berner une seconde. Mais je suppose que la plupart d'entre nous ne sommes pas familiers de ce genre de documents, d'autant que nous n'avons pas l'habitude de soupçonner nos voisins d'un délit aussi stupide.

— Mais vous jureriez qu'il s'agissait de faux ? insista Benjamin.

— C'est ce que j'ai fait, mon cher ! Et devant le tribunal. Non que l'affaire ait reposé sur mon seul témoignage, bien sûr. Un expert s'était déplacé de Kendal, et il a juré lui aussi qu'il s'agissait d'une contrefaçon, du début à la fin. Nous le savions tous. Mais les choses finiront par se tasser, vous savez, fit-il en agitant la main. Aucune personne sensée ne croit Gower. Les seuls qui lui prêtent attention sont de nouveaux habitants. Il y a cinq ou six familles – dont une ou deux ont de l'argent, je le reconnais – qui ne vivaient pas ici à l'époque, de sorte qu'elles ne comprennent pas.

— Comment s'appellent-ils ? s'enquit Benjamin.

— Laissez cela pour l'instant, lui conseilla Colgrave d'un ton apaisant. Je leur parlerai en votre nom et leur expliquerai la vérité sur cette affaire. Si vous allez les voir maintenant, à chaud, vous vous en ferez des ennemis. Personne n'aime passer pour un imbécile, vous savez.

— Un imbécile ? s'étonna Benjamin.

— Mais oui, un imbécile. Qui d'autre qu'un imbécile irait croire un faussaire reconnu comme Ashton

Gower ? Ils découvriront la vérité sur son compte bien assez tôt. Attendez qu'il leur laisse voir son mauvais caractère ! Ou qu'il leur emprunte un cheval et le ramène estropié, comme c'est arrivé au pauvre Bennion, ou encore qu'il essaie de leur emprunter de l'argent que vous comme moi savons bien qu'il ne rendra jamais. Ils regretteront alors de ne pas avoir eu le bon sens de lui refuser leur confiance. Furieux comme vous l'êtes – et à juste titre, d'ailleurs –, vous ne feriez que vous les mettre à dos.

Donner raison à Colgrave avait beau déplaire à Henry, l'honnêteté ne lui laissait guère d'autre choix. Ils s'excusèrent et prirent congé, mais dès qu'ils se retrouvèrent dehors, Benjamin se retourna vers son ami.

— Avant de reprendre les chevaux, je voudrais passer au cimetière.

Il respira un grand coup, le visage blême et à moitié de biais.

— Je voudrais voir la tombe de Judah.

— Bien sûr, dit Henry. Moi aussi. À moins que vous ne préfériez être seul ?

Benjamin hésita.

— J'attendrai, s'empressa de proposer Henry. J'irai une autre fois. Je vais aller récupérer les chevaux, comme ça vous n'aurez pas besoin de revenir jusqu'ici.

Benjamin acquiesça, préférant ne pas s'engager dans un long discours, mais la gratitude se devinait dans son regard.

Henry demeura un instant immobile et le regarda s'éloigner, ses pas lents crissant sur la neige, jusqu'à ce qu'il arrive devant le mur en pierre du cimetière, puis disparaisse derrière les ifs.

Il repartit vers l'écurie, et, le temps qu'il revienne, Benjamin l'attendait.

— J'aimerais passer voir Leighton, si toutefois c'est toujours lui le médecin du village, dit-il en prenant son cheval qu'Henry tenait par la bride et en l'enfourchant. Ou si ce n'est plus lui, son remplaçant. Je ne comprends pas comment Judah a pu être assez stupide pour glisser sur ces pierres ! Il a vécu toute sa vie ici. Où allait-il, d'ailleurs ? Que faisait-il à traverser la rivière tout seul à cette heure de la nuit ? Pourquoi est-il sorti ?

— Je n'en sais rien, avoua Henry en maintenant sa monture au pas, alors qu'ils chevauchaient côte à côte en direction du village. Êtes-vous certain que ça ait de l'importance, désormais ?

Benjamin le foudroya du regard.

— Évidemment, ça en a ! Tout cela n'a aucun sens. Quelque chose ne va pas, et je me fais fort de découvrir la vérité. Ashton Gower doit être réduit au silence, et de façon définitive. Nous ne pouvons pas laisser Antonia vivre dans la crainte qu'il recommence !

Il en voulait à Henry de ne pas l'avoir compris ; son expression et le ton de sa voix l'exprimaient clairement.

Le chagrin et la confusion le faisaient souffrir, Henry le devinait. N'empêche que sa remarque l'avait piqué au vif, et qu'il dut prendre sur lui pour ne pas réagir. Il avait aimé Benjamin dès leur première rencontre, autant qu'il avait aimé Judah, et le deuil ne lui était pas un sentiment étranger. Bien que sa femme fût morte depuis de longues années, son souvenir ne s'était en rien effacé.

Il continuait à neiger à fins flocons, mais le vent était tombé. Au bout de quinze minutes, ils arrivèrent devant la maison du Dr Leighton et attachèrent les chevaux près du portail. Un autre quart d'heure s'écoula avant que le médecin soit libre de les recevoir.

— Je suis profondément navré, dit-il d'entrée à Benjamin. C'est un drame épouvantable. C'est bien que vous soyez venu, Rathbone. Que puis-je faire pour vous ?

Le médecin était un homme menu à la voix grave, qui débordait d'énergie et de nervosité, et plus proche de l'âge d'Henry que de celui de son compagnon.

Le visage de Benjamin était un peu rouge, autant à cause du froid que de la colère impuissante qui l'habitait.

— Beaucoup de choses dans la mort de Judah n'ont pas de sens, répondit-il. Je voulais connaître la vérité sur ce qui s'est passé.

Il se tenait au milieu de la pièce, mince et large d'épaules, la peau brûlée par le soleil de Terre sainte, les traits durs.

Leighton était médecin de campagne depuis vingt ans. Il comprenait le chagrin, tout comme la hargne qui poussait les hommes à le combattre. Il s'adossa à la bibliothèque et considéra Benjamin d'un air sérieux.

— Les faits sont très simples. Judah est sorti faire un tour vers dix heures et demie du soir. La lune était à moitié pleine, mais il faisait très sombre. Il s'était muni d'une lanterne, que l'on a retrouvée au bord de la rivière, à quelques mètres de lui. Un peu après minuit, voyant qu'il ne rentrait pas, Antonia s'est suffisamment affolée pour envoyer les domestiques à sa recherche. Ils ont retrouvé son corps entre les rochers de la petite cascade, un peu en aval des pierres du gué.

— Je sais déjà tout cela ! s'impatienta Benjamin. Henry me l'a raconté. Que faisait-il là ? Pourquoi était-il sorti ? Pourquoi a-t-il voulu traverser sur les pierres gelées en pleine nuit ? Où allait-il ? Comment un homme aussi résistant peut-il se noyer dans soixante centimètres d'eau ? Le courant n'est pas assez rapide pour vous faire tomber, même à cette période de l'année ! J'ai glissé sur ces pierres une dizaine de fois, mais je n'ai jamais rien eu d'autre que des vêtements trempés !

— On peut tomber de cheval une centaine de fois et se relever sans rien de plus que des bleus ou une clavicule cassée, commenta Leighton avec bon sens. Mais la cent unième chute peut vous tuer. Ne cherchez pas des raisons où il n'y en a pas, Benjamin. Judah a glissé dans le noir et a fait une mauvaise chute. Sa tête a heurté les pierres, et il a perdu connaissance. Sinon, nul doute qu'il serait remonté sur la rive et serait rentré chez lui. Par malheur, les choses ne se sont pas passées comme ça.

— Comment savez-vous qu'il s'est cogné la tête en tombant ? le défia Benjamin. Ou que quelqu'un ne l'a pas frappé ?

Leighton fronça les sourcils.

— Ne commencez pas à raisonner de cette façon, Benjamin, le mit en garde le médecin. Aucune preuve ne laisse supposer quoi que ce soit de la sorte. Judah a glissé. C'est un tragique accident. Il s'est noyé. Le courant l'a emporté vers la cascade et…

— L'avez-vous examiné ? l'interrompit Benjamin.

— Bien entendu.

— Et qu'avez-vous trouvé, exactement ?

Le médecin soupira.

— Que la cause de sa mort était la noyade. Il avait plusieurs écorchures à la tête et aux épaules, une à l'endroit où une pierre lisse l'a heurté, sans doute lorsqu'il est tombé, et d'autres plus profondes, quand le courant l'a entraîné vers la cascade.

— Vous êtes sûr que ses blessures ont été provoquées par ces pierres ? s'entêta Benjamin.

— Oui. Des petits morceaux d'algues étaient collés à l'intérieur, et il avait les mains égratignées par le gravier qu'il y a au fond de la rivière.

Le visage du médecin exprimait la tristesse et la patience.

— Benjamin, reprit-il, il n'y a rien de plus que ce que je vous ai dit. N'allez pas chercher des raisons ou une justice là-dedans. Il n'y en a pas. C'est une tragédie injuste, la mort d'un honnête homme qui aurait dû vivre une longue vie heureuse. De telles choses arrivent, et probablement plus souvent que vous ne le pensez, car elles ne vous frappent à ce point que s'il s'agit d'un être que vous aimiez. Des gens meurent en montagne, des accidents de bateau se produisent sur les lacs, et d'autres sur les terrains de chasse. Je suis désolé.

— Mais pourquoi voulait-il traverser la rivière au milieu de la nuit ?

Benjamin refusait de lâcher prise.

Leighton se rembrunit.

— Ça, personne ne le sait. Et je suppose que nous ne le saurons jamais. Occupez-vous de ce qui compte, désormais. Aidez Antonia à accepter. Apportez-lui votre soutien et faites ce que vous pourrez pour le jeune Joshua. Ils ont besoin de votre force, à présent, et non que l'on pose tout un tas de questions auxquelles nous ne trouverons pas de réponse. Et même si nous en trouvions, cela ne changerait rien à la situation. Arrangez-vous au mieux avec ce qui reste.

Benjamin parut déconcerté.

— Et Ashton Gower ? s'exclama-t-il avec rage. Qui le fera taire ? Je le jure devant Dieu, s'il continue à traîner le nom de Judah dans la boue, je m'en occuperai ! Et s'il a la moindre chose à voir dans la mort de Judah, je le prouverai et veillerai à ce qu'il finisse au bout d'une corde !

Leighton avait la mine sombre. Il se redressa d'un air réprobateur.

— On peut vous pardonner jusqu'à un certain point d'être bouleversé par ce deuil, Benjamin. Mais si vous laissez entendre en dehors d'ici que Gower a quelque chose à voir avec la mort de votre frère, vous serez encore plus coupable que lui de diffamation. Rien n'indique qu'il ait rencontré Judah ou qu'il ait eu l'intention de lui faire du mal, ni à ce moment-là ni à aucun autre. Je vous en prie, ne plongez pas votre famille dans une plus grande douleur qu'elle n'en connaît déjà. Ce serait totalement irresponsable de votre part.

Benjamin resta immobile un long moment, puis se retourna et sortit à grands pas, laissant la porte battre derrière lui.

— Je suis désolé, s'excusa Henry. La mort de Judah l'a durement accablé, et les accusations d'Ashton Gower sont aussi malveillantes que mensongères. Judah était l'homme le plus intègre que j'aie jamais rencontré. Salir son nom aujourd'hui est indigne. Je suis en parfait accord avec Benjamin et, quoi qu'il décide, je ferai de mon mieux pour protéger la veuve de Judah et son fils de ces calomnies.

— Tout le monde au village en fera autant, observa Leighton d'un air grave. Gower est un homme très impopulaire. Il est arrogant et brusque – nous nous souvenons tous de son rôle dans cette histoire d'actes falsifiés. Mais si Benjamin l'accuse de la mort de Judah, il rendra les choses encore plus difficiles, car certains y verront une offense des deux côtés, et nous aurons une guerre qui divisera le village. Ce genre de situation peut prendre des années avant de s'apaiser, parfois même des générations, car les gens ont des idées très arrêtées, et quand d'autres souffrances viennent s'ajouter, il ne leur est plus possible de revenir en arrière.

— Je lui parlerai, promit Henry.

Puis, prenant congé du médecin, il sortit dans la neige rattraper Benjamin.

Celui-ci l'attendait en tenant les deux chevaux par la bride. Le regard bleu brûlant, il fixa Henry d'un air de défi.

— Je sais, fit-il avant même que celui-ci ait pu dire un mot. Mais je déteste qu'on me parle sur ce ton satisfait...

Il se tut une seconde.

— Marcher dans cette neige donne soif, reprit-il. Allons au *Fleece* boire une pinte de bière du Cumberland. Il y a longtemps que je n'ai pas vidé un pichet de Snecklifter. Il est trop tôt pour manger, sinon j'aurais commandé une belle croûte de pain avec un morceau de Whillimoor Wang. Voilà un bon fromage maigre qui vous fait sentir que vous êtes au pays ! J'aimerais bien entendre une ou deux histoires d'hommes braves et de chiens, ou même un récit fantaisiste de démons et de fées, comme ils les aiment par ici. Il est arrivé qu'on inscrive ça comme cause de décès, le saviez-vous ? Emporté par les fées !

Henry sourit.

— Cela devait correspondre à une multitude de choses !

Benjamin laissa échapper un rire cruel.

— Allez expliquer ça à un policier !

Une heure plus tard, réchauffés et revigorés, mais aussi divertis par des histoires à dormir debout racontées en pur dialecte du Cumberland, ils ressortirent dans la rue où ils constatèrent que le temps s'était éclairci. Le soleil tentait de larges percées entre les nuages, resplendissant sur la neige et se reflétant sur le lac en longs traits bleu argenté.

Ils avaient parcouru une centaine de mètres le long des petites boutiques, en passant devant l'atelier du forgeron et la cour du tonnelier, et venaient d'arriver au niveau de l'échoppe du sabotier, où l'artisan était en train de creuser les semelles de bois avec son long couteau articulé, lorsqu'ils faillirent renverser un individu de large carrure aux cheveux noir de jais.

Il allait à pied, et Benjamin le toisa avec une expression de colère froide. Les yeux rapprochés de l'homme s'animèrent de haine dès qu'il aperçut Benjamin. Henry n'eut pas besoin qu'on lui précise qu'il s'agissait d'Ashton Gower.

— Vous voilà de retour après avoir suivi les traces de Dieu ! railla Gower. Grand bien vous fasse ! Je vous accorde le temps du deuil, par égard pour la veuve, bien que ceux qui tirent profit d'un péché soient aussi coupables que ceux qui le commettent. Mais je suppose qu'une femme doit défendre son mari, elle n'a pas le choix. Cela ne fera pourtant aucune différence, au bout du compte.

— Aucune, admit Benjamin avec dureté. Si vous prononcez encore un seul mot contre mon frère, je vous poursuivrai en justice pour diffamation et vous renverrai en prison, où vous devriez être. On n'aurait jamais dû vous laisser sortir.

— La diffamation se plaide au civil, Mr. Dreghorn, répliqua Gower, rayonnant. Et il vous faudrait gagner avant de tenter quoi que ce soit. Je n'ai pas d'argent pour vous payer des dommages et intérêts. Vous et les vôtres m'avez déjà pris tout ce qui m'appartenait. Vous ne pouvez pas me voler deux fois, même si vous arrivez à prouver que j'ai menti, ce qui vous sera impossible étant donné que chaque mot qui sort de ma bouche n'est que la pure vérité.

Henry se crispa, craignant que Benjamin ne se jette sur Gower du haut de sa monture.

Mais Benjamin ne chercha pas à le frapper. Il demeura immobile dans l'air glacial.

— Dommage que je ne sois pas en mesure de vous calomnier, Gower ! rétorqua-t-il. Rien de ce que je pourrais dire de vous ne serait faux. Vous avez été reconnu comme un menteur, un faussaire et un voleur en puissance. Si vous avez échoué, c'est uniquement par maladresse, parce que vous avez été si malhabile à falsifier ces actes qu'il est apparu tout de suite qu'ils ne valaient rien. Même ça, vous n'avez pas réussi à le faire bien !

Le visage de Gower s'empourpra, ses yeux formant comme deux trous noirs au milieu de sa tête. À son tour, il donna un instant l'impression de ne plus dominer son envie de céder à la violence, d'empoigner Benjamin et de le tirer à bas de son cheval. Son bras s'avança, puis se figea.

— Est-ce là ce qui est arrivé à Judah ? lança Benjamin d'une voix grinçante. Il vous a traité de voleur raté, et vous avez perdu la tête ?

Lentement, Gower se détendit, puis un fin sourire illumina son visage.

— Je ne regrette pas qu'il soit mort, Dreghorn, j'en suis même heureux. C'était un homme corrompu, qui a abusé de son pouvoir et de sa fonction, or il n'y a pas grand-chose de pire qu'un juge qui profite de sa position pour dépouiller ceux qui viennent le trouver en croyant que justice leur sera rendue. Si le juge lui-même est corrompu, quel espoir reste-t-il aux gens du peuple ? C'est un grave péché, Dreghorn. Qui empeste jusqu'au ciel !

Gower recula d'un pas en redressant la tête.

— Mais je ne l'ai pas tué. Il m'a causé du tort. Il m'a expédié en prison pour un crime que je n'avais pas commis, et il m'a volé mon héritage, en même temps que onze années de ma vie. J'ai dit du mal de lui, et je continuerai jusqu'à ce que je rende mon dernier soupir, mais je n'ai jamais levé la main sur lui, ni demandé à quelqu'un d'autre de le faire. Autant que je sache, c'est un Dieu juste qui a fini par le punir. Et si j'attends mon heure, si je plaide ma cause devant les gens, peut-être qu'Il me rendra aussi ce qui m'appartient.

— Moi vivant, jamais ! s'exclama Benjamin d'un air farouche. Je ne vous accuserai pas de meurtre tant que je n'aurai pas de preuves, mais ensuite… Je vous verrai vous balancer au bout d'une corde.

— Pas s'il existe une justice ici-bas. Je ne l'ai pas tué.

Et sans se départir de son sourire moqueur, Gower s'éloigna vers le centre du village en marchant à grands pas sous la neige, le vent qui soufflait du lac s'engouffrant sous les pans de son manteau.

Benjamin le suivit des yeux jusqu'à ce qu'il disparaisse hors de leur vue, puis ils se remirent en route vers le domaine.

— J'adore ce pays, dit-il au bout d'un moment. J'avais oublié comme on s'y sent bien. Je ne supporterai pas de le voir empoisonné par cet homme. L'idée que Judah ait été malhonnête est absurde ! Que faire, Henry ? Comment l'empêcher d'affirmer de telles choses ?

Cette question, Henry l'avait redoutée.

— Je l'ignore. J'ai essayé de réfléchir à une solution, mais maintenant que j'ai rencontré Gower, toute proposition raisonnable me semble vouée à l'échec. Il s'est persuadé que les documents étaient authentiques.

— C'est ridicule ! Non seulement ils étaient faux, mais ils étaient mal imités. L'expert l'a juré, et d'ailleurs, n'importe qui aurait pu s'en rendre compte. Gower est tellement rongé de haine qu'il en a perdu l'esprit. Peut-être que la prison lui a dérangé la tête. Vous ne pensez pas qu'il représente un danger pour Antonia, dites-moi ?

Henry ne savait comment répondre avec sincérité. Il aurait aimé se montrer rassurant, mais Ashton Gower était en proie à une folle haine qui défiait toute raison. Il ne doutait pas une seconde que cet homme était coupable d'avoir établi de faux documents dans l'espoir insensé de récupérer le domaine. Et même si Henry n'avait pas connu Judah, le témoignage des experts était là pour le confirmer. Peut-être que Benjamin avait raison et que Gower avait perdu la tête en prison. Dieu du ciel, il ne serait pas le premier à qui pareille chose serait arrivée !

— Henry ?

— Je n'en sais rien, répondit-il avec franchise. Je pense que nous ferions mieux de prévenir Antonia. Et de mettre en garde les domestiques. Il faut fermer la maison à double tour pendant la nuit. Vous avez des chiens – ils avertiront de toute présence indésirable dans les parages. Ces mesures ne seront peut-être pas nécessaires, mais tant que Gower restera par ici, et dans l'état d'esprit qui est le sien, il me semble préférable de se montrer prudent.

Benjamin fit halte en tirant sur ses rênes d'un geste brusque, puis se tourna de biais sur sa selle.

— Vous pensez qu'il a tué Judah ?

Cette pensée, aussi abominable soit-elle, n'avait pas manqué de traverser l'esprit d'Henry.

— Je ne sais pas vraiment. À mon avis, cet homme est malfaisant, pour ne pas dire un peu fou. Mais il vaut mieux prendre des mesures inutiles que ne rien faire du tout et le regretter une fois qu'il sera trop tard.

— Comment prévenir Antonia sans l'affoler ?

— Je ne crois pas que cela soit possible.

— C'est pourtant… Maudit soit Gower ! jura Benjamin d'un air féroce. Qu'il aille au diable !

Au cours de la soirée, la neige cessa de tomber, et un vent violent se mit à souffler sur le lac, gémissant sous les avant-toits et faisant vibrer les fenêtres. Mais au matin, lorsque Henry ouvrit les rideaux, avant même que Mrs. Hardcastle lui ait apporté son thé, il aperçut des plaques d'un blanc immaculé sur les pentes nord et ouest des collines et constata que, plus bas, la neige s'était accumulée au pied des murets et des clôtures.

Après le petit déjeuner, le facteur apporta un message télégraphique d'Ephraim, expédié la veille de Lancaster, disant qu'il arriverait par le train de midi. L'homme d'affaires de la famille arriva lui aussi du village, avant d'aller à Penrith, afin de s'entretenir du domaine avec Antonia et Benjamin. Aussi fut-ce une fois de plus Henry qui attendait sur le quai lorsque le train entra en gare en crachant de la vapeur, arrivant avec près d'une heure de retard à cause d'importantes bourrasques de neige sur Shap Fell.

Henry repéra Ephraim sur-le-champ. Aussi grand que Benjamin mais plus maigre, il marchait d'un pas ample et décontracté en dépit du froid. Il ne portait qu'une seule valise, assez volumineuse, qui, dans sa main, donnait l'impression de ne rien peser. Et, tout comme son frère, il avait le teint tanné par le soleil et le vent. Ephraim se renfrogna légèrement en ne reconnaissant personne sur le quai. Il leva les yeux vers le ciel, sans doute inquiet à l'idée que la neige soit tombée en abondance dans ce secteur, le mettant dans l'incapacité d'aller plus loin avant qu'elle n'ait été dégagée.

— Ephraim ! l'interpella Henry. Ephraim !

L'homme se retourna, d'abord étonné, puis son visage s'illumina en apercevant Henry. Il lâcha sa valise et s'avança pour lui serrer la main.

— Rathbone ! Comment allez-vous ? Mais que faites-vous ici ? Vous êtes venu passer Noël avec nous ? C'est formidable ! Ce sera comme au bon vieux temps ! Où sont les autres ? Judah n'est pas là ? Vous avez attendu longtemps ?

— Pas sur le quai, répondit Henry en souriant. J'étais à l'auberge devant une pinte de Cockerhoop.

Cette bière brune légère était très appréciée localement. Henry éprouva une bouffée de gratitude en voyant Ephraim l'accueillir avec tant de générosité dans ce qui devait être en principe une réunion de famille. Après tout, il n'était pas un Dreghorn, seulement le parrain d'Antonia, une position certes honorifique, mais sans lien de sang. Il redoutait de devoir lui révéler la véritable raison de sa présence ; son estomac se noua et sa gorge se serra. Valait-il mieux lui gâcher son plaisir sans tarder en parlant franchement ? Ou bien lui accorder un peu de répit, le laisser d'abord se réjouir d'être enfin de retour chez lui ?

Ephraim arborait un grand sourire. Plus posé que son frère, c'était un homme aux pensées profondes, qu'il partageait rarement, et d'un grand courage physique. Quels que soient ses peurs ou ses doutes, il les dominait sans rien en montrer. Toutefois, après quatre années passées en Afrique, revoir son pays qu'il adorait lui procurait une joie qui n'eut aucun mal à s'exprimer.

— Tout cela me semble parfait ! s'écria Ephraim avec bonne humeur. Nous ferons de longues balades dans la neige, peut-être même un peu d'escalade, après quoi nous nous installerons au coin du feu pour parler de nos rêves et nous raconter toutes sortes d'histoires folles ! J'en ai quelques-unes... Il y a des choses en Afrique que vous ne croiriez pas, Henry !

Ephraim souleva sa valise et marcha à côté d'Henry jusqu'à la voiture attelée, que Wiggins avait approchée en entendant le train arriver.

— Comment va Judah ? demanda Ephraim dès qu'ils se furent mis en route. Avez-vous déjà des nouvelles de Ben ? Et Naomi ? Va-t-elle venir aussi ?

Lorsqu'il mentionna le nom de la jeune femme, sa voix se teinta d'une certaine impatience, et il détourna le regard comme pour ne pas laisser voir son émotion.

Les pensées se bousculaient dans la tête d'Henry. Il prit conscience qu'il y avait là une nouvelle dimension qu'il n'avait pas imaginée, une souffrance qu'il ne serait pas capable de déchiffrer chez Ephraim aussi bien que chez Benjamin, des abîmes qu'il ne serait jamais en mesure de comprendre, ni de soulager. Pourtant, il n'avait pas le choix. Le moment était venu.

— Benjamin est déjà là, dit-il, répondant d'abord à la question la plus simple. Il est arrivé depuis deux jours...

Ephraim le fixa de ses yeux bleus mystérieux.

— Il va bien ?

— Non, répondit Henry sans plus de détour. Aucun de nous ne va bien. Judah est mort dans un accident il y a dix jours.

Il observa Ephraim encaisser le choc – d'abord l'incrédulité, et ensuite la douleur.

— Je suis désolé d'être celui qui vous l'annonce, mais votre homme d'affaires est passé ce matin discuter du domaine, et Benjamin est resté avec Antonia pour le recevoir.

— Un accident de chasse ? demanda Ephraim, la voix cassée.

Judah chassait rarement, mais c'était le seul moyen de repousser les renards dans la région des Lacs, faute de quoi ils dévastaient les troupeaux. On retrouvait des brebis et des agneaux égorgés, et des poulaillers entiers massacrés.

— Non, répondit Henry, avant de lui résumer brièvement ce qu'ils savaient pour l'instant.

Ephraim se blottit dans son manteau, comme si soudain le vent passait à travers et ne suffisait plus à le protéger.

— Où diable allait-il ? lança-t-il d'une voix enrouée. En pleine nuit ?

— Nous n'en savons rien. Il a seulement dit qu'il voulait prendre l'air avant d'aller se coucher. Ils étaient allés tous ensemble au village écouter un musicien de passage. Un violoniste. Lequel a joué un petit morceau que Joshua avait composé.

— Joshua ? répéta Ephraim. Judah disait qu'il était très intelligent. Il était très fier de son fils…

Il se dominait avec difficulté. Et son visage avait beau ne rien laisser deviner, sa voix l'avait trahi.

— J'ai rapporté quelque chose d'Afrique pour Joshua, reprit-il. Mais cela paraît hors de propos, à présent.

— Ce ne le sera pas par la suite, le rassura Henry. Benjamin lui a rapporté un cadeau, lui aussi, un extrait des Saintes Écritures, un manuscrit ancien, dans une boîte en bois sculpté.

— Le mien est un collier d'apparat de chef de tribu, une version africaine de la couronne. En or et en ivoire. C'est un symbole d'autorité. Au premier coup d'œil, l'objet peut paraître barbare, mais quand on y regarde de plus près, il est superbement ciselé. Rien de comparable à ce qu'on trouve en Europe… Mais je suppose que vous avez raison, et que Joshua l'appréciera le jour venu. Aujourd'hui, ça paraît si horriblement absurde…

— Ce n'est pas la seule chose que je doive vous dire avant que nous arrivions au manoir, poursuivit Henry.

Ils roulaient à vive allure. Le vent avait rabattu le plus gros de la neige sur la route. Elle s'était accumulée si haut à certains endroits qu'ils durent descendre de la voiture et sortir les pelles rangées dans le porte-bagages afin d'aider Wiggins à dégager un passage. Henry vit Ephraim attaquer les énormes tas avec une énergie pleine de rage, le dos courbé, jetant tout son poids dans chaque pelletée. Après avoir remis les outils en place, ils remontèrent dans la voiture. Ils durent s'arrêter ainsi à trois reprises.

— Quoi d'autre ? s'enquit Ephraim sans trop d'intérêt, alors qu'ils roulaient de nouveau et que s'étendait devant eux l'immense surface du lac parsemé de blanc.

— Ashton Gower est sorti de prison et prétend avoir été condamné injustement. D'après lui, les actes de propriété étaient authentiques, et Judah le savait, expliqua Henry en remontant plus haut la couverture.

Ses pieds étaient trempés, tout comme le bas de son pantalon.

— C'est ridicule !

Ephraim balaya la remarque comme s'il ne valait même pas la peine d'en discuter.

— Je sais que c'est ridicule, concéda Henry. Mais il le répète avec beaucoup d'insistance, et Benjamin estime important de le faire cesser. Bon nombre de personnes du village qui ne vivaient pas là au moment du procès ne savent rien de la vérité. Sans compter que Gower se montre agressif, ce qui perturbe Antonia. Nous ne pouvons pas faire comme si de rien n'était.

Il se garda d'ajouter que Benjamin soupçonnait Gower d'être impliqué dans la mort de Judah. Il ne lui était pas aussi facile de deviner Ephraim, et il avait du mal à évaluer sa colère ou la profondeur de son chagrin.

Ephraim ne répondit pas tout de suite, et ils parcoururent encore une bonne centaine de mètres. Les toits blancs des maisons du village scintillaient sous la lumière éclatante, tandis que le noir intense des arbres se détachait sur l'eau grise.

— Henry, voulez-vous dire par là qu'il y a des gens pour le croire ? demanda finalement Ephraim. Connaissant Judah, comment peut-on envisager cette idée une seule seconde ? Il n'y a jamais eu plus honnête homme que lui, alors qu'Ashton Gower n'est qu'un pleutre malveillant, qui n'a ni honneur, ni gentillesse, ni la moindre vertu susceptible de le racheter ! Qui serait en mesure de dire qu'il a accompli quoi que ce soit de bien sans attendre d'en être payé en retour ?

— Je sais, Ephraim. À mon avis, la prison a dû lui déranger l'esprit. Ce qui ne change rien au fait qu'il est furieux, et déterminé à laver son nom coûte que coûte.

— Vous en parlez comme si vous pensiez qu'il représente un danger. Est-ce le cas ?

Henry fut bien obligé de l'admettre.

— Qui sait ? Benjamin pense qu'il pourrait avoir été pour quelque chose dans la mort de Judah. Et je ne peux pas écarter cette hypothèse non plus. Hier, nous l'avons croisé au village, et la haine qui émane de cet homme m'a glacé les sangs. Nous avons recommandé aux domestiques de verrouiller les portes et de lâcher les chiens dès la nuit tombée. Cette histoire est extrêmement déplaisante. Nous ne pouvons pas quitter les Lacs et abandonner Antonia et Joshua à leur sort sans avoir obtenu d'explication.

Il regarda le visage d'Ephraim, pâle sous son hâle africain.

— Je suis désolé, ajouta Henry. J'aurais préféré avoir des choses plus agréables à vous dire.

Ephraim posa la main sur son bras et le serra avec fermeté.

— La vérité, Henry... Rien d'autre ne nous servira. Merci d'être venu. Nous allons avoir besoin de votre aide.

Henry s'abstint de répondre qu'ils pouvaient y compter ; Ephraim le savait déjà.

La soirée fut sombre et paisible. La pluie et la neige battaient tour à tour contre les vitres, et le feu ronronnait dans la cheminée. Ils mangèrent du mouton des Lacs, accompagné de délicieuses pommes de terre mélangées à des herbes. On importait toutes sortes d'épices sur la côte, et le pain d'épices du Cumberland était réputé. Tiédi et nappé de crème, il faisait un excellent pudding.

Ephraim et Benjamin discutèrent tranquillement, échangeant des souvenirs. Pendant ce temps, Henry resta assis près du feu avec Antonia, écoutant surtout ce qu'elle avait envie de dire. Et quand elle le préférait, il lui parlait de Londres et de la trépidation de la vie citadine, chose qu'elle n'avait jamais connue.

Épuisé par le retour à Penrith dans le vent et la neige, Henry dormit à poings fermés, mais il se réveilla de bonne heure, alors qu'il faisait encore sombre. N'ayant guère envie de s'attarder au lit, il se leva, s'habilla chaudement et sortit avant l'aube.

À l'heure où le soleil apparut derrière les montagnes du sud-ouest, répandant une douce lumière nacrée dans le ciel pommelé, il avait déjà parcouru plus de la moitié de la distance qui séparait le manoir du gué en amont de la rivière où Judah avait trouvé la mort.

Les pensées défilaient dans son esprit. Il avançait dans la neige craquante que le soleil éclaboussait d'une lueur rosée. Avait-il imaginé l'émotion qu'il avait cru déceler dans la voix d'Ephraim quand celui-ci lui avait demandé si la veuve de Nathaniel serait là elle aussi ? Alors même qu'il s'interrogeait, l'évidence de la réponse s'imposa à lui : Ephraim avait lui-même été amoureux de Naomi et il en gardait un souvenir aigu.

Certes, Ephraim ne l'avait pas revue depuis la dernière fois qu'ils s'étaient réunis tous ensemble au manoir, ce qui, d'après ce que savait Henry, remontait à dix ans. Les gens pouvaient changer énormément dans un tel laps de temps. Leur expérience était à même de renforcer leurs sentiments... ou de les effacer.

Henry n'avait jamais rencontré Naomi et ne savait rien d'elle, sinon qu'elle était anglaise, originaire de la côte est, et que Nathaniel ne l'avait fréquentée que quelques mois avant de l'épouser. Ils s'étaient embarqués pour l'Amérique peu de temps après. Antonia avait parlé d'elle avec chaleur, Judah semblant avoir quelques réserves, sans préciser lesquelles. Savait-il que son plus jeune frère s'était épris d'elle lui aussi ?

Henry cheminait sur le sentier qui descendait en pente douce vers le lac, prenant garde à ne pas glisser. La rivière au débit rapide s'étirait en contrebas. Les récentes chutes de neige en avaient gonflé le lit ; l'eau recouvrait presque les pierres du gué disposées en travers, dix au total, très plates et soigneusement choisies.

Aux endroits où la rivière avait formé de petites anses et des creux contre la berge, le courant avait charrié de la glace qui était restée bloquée là, scintillant dans la lumière de plus en plus vive. Sur la rive opposée, la pente était plus abrupte. Henry regarda à gauche et à droite, mais ne vit rien d'autre que les vagues traces laissées par les moutons. Qu'est-ce qui avait poussé Judah à venir là à cette heure de la nuit ? L'envie de se retrouver seul avec des pensées qui le troublaient au point de ne pas pouvoir y réfléchir chez lui, en présence d'Antonia ? Ou bien pour rencontrer quelqu'un ?

Avait-il eu peur d'Ashton Gower et des ennuis qu'il risquait de leur causer ? Gower avait-il menacé Antonia… ou Joshua ? Judah avait-il envisagé de le payer d'une manière ou d'une autre en vue de les protéger ?

Cette hypothèse ne ressemblait en rien à l'homme qu'Henry avait connu. Cependant, les gens ne changent-ils pas lorsque leurs proches se voient menacés ?

Il scruta la rivière en amont, puis en aval. À la lumière du jour, il distinguait clairement la cascade, l'eau blanche bouillonnant sur les rochers acérés. Ils étaient à coup sûr assez anguleux pour avoir provoqué les blessures que Leighton avait décrites. Tout correspondait aux faits. De la glace sur les pierres, un faux pas, un manque d'équilibre, ou tout simplement la fatigue, et une chute pouvait être à l'origine d'un choc qui vous faisait perdre connaissance. À plat ventre, quelques minutes suffisaient pour se noyer, inutile que l'eau soit profonde. Le courant pouvait entraîner un corps vers la cascade et provoquer les lacérations dont Leighton avait parlé.

Néanmoins, connaissant Gower, pourquoi diable Judah serait-il venu le retrouver là, seul et en pleine nuit ? La réponse était simple. Jamais il n'aurait agi ainsi. Et miser sur le hasard n'avait pas de sens non plus. Jamais Gower n'aurait attendu par une nuit d'hiver aussi glaciale que Judah passe par là ! L'idée était absurde.

Ashton Gower avait beau avoir souhaité sa mort, et s'en être réjoui, rien ne permettait de présumer qu'il l'avait tué, sinon la folie de l'homme et sa soif de revanche, ce qui ne constituait en aucun cas une preuve.

Dépité, Henry fit demi-tour pour rebrousser chemin, traversé de frissons malgré son manteau, son écharpe, son chapeau et ses gros gants doublés de fourrure. Tout en lui voulait croire à la responsabilité de Gower. Aussi aberrant que cela paraisse sur le plan des faits, c'était la seule chose qui ait un sens sur le plan émotionnel.

Le soleil aidant, la neige avait commencé à fondre, de sorte que lorsqu'il arriva au manoir, ses pieds et le bas de son pantalon étaient tout trempés. Henry gagna sa chambre par l'escalier de service et se changea avant de redescendre dans la salle à manger.

Mrs. Hardcastle lui apporta un petit déjeuner tardif, puis Benjamin vint le rejoindre, curieux de savoir où il était allé.

— Aux pierres du gué, répondit Henry. Du thé ?

Benjamin s'assit en face de lui. Il paraissait fatigué, et des cernes soulignaient ses yeux.

— Pour quelle raison ?

— Histoire de voir si ce que Leighton nous a dit tenait. Et ça tient, Ben. Je n'arrive pas à imaginer

Judah allant là-bas pour retrouver Gower au milieu de la nuit ! Et l'idée que Gower ait pu l'attendre là par hasard est ridicule.

Benjamin le regarda droit en face.

— Vous pensez qu'il s'agit d'un banal accident ?

Henry ne sut comment répondre. Son intelligence et son intuition se livraient bataille. Habitué à raisonner selon la logique, la discipline et la beauté de la raison avaient toujours prévalu dans son éducation. Pourtant, face à ses déductions, ce qu'il savait de Judah Dreghorn le laissait mal à l'aise. Il répondit de la seule manière que lui dictât la franchise.

— Il doit y avoir une chose que nous ignorons, voire plusieurs.

Benjamin ébaucha un triste sourire.

— Ce bon vieux Henry, toujours aussi circonspect ! fit-il en soupirant. Ce dont nous avons plus que jamais besoin. Qu'allons-nous dire à Antonia ?

Cette fois, Henry n'eut pas à réfléchir. Il n'y avait qu'une réponse possible, d'autant que sa confiance dans le courage et le jugement d'Antonia était beaucoup plus grande que celle de Benjamin. Il avait gardé un vif souvenir de la droiture, de la curiosité et de la force d'âme avec lesquelles elle abordait les problèmes, qu'elle avait si souvent été seule à devoir affronter. Au fond de lui, il se sentit rempli d'émotion à l'idée que son bonheur ait été si bref.

— La vérité, répondit-il.

L'occasion ne se présenta pas avant le soir. Chacun avait été occupé de son côté, ou bien Joshua s'était trouvé avec eux, mais, une fois le dîner terminé, ils se réunirent autour du feu après que l'enfant eut été se coucher. Ce fut Benjamin qui commença, regardant Antonia d'un air navré.

— Je suis désolé de revenir là-dessus, mais je crois que nous avons besoin de mieux comprendre ce qui s'est passé la nuit où Judah est mort.

— Je ne sais rien de plus que ce que je vous ai déjà raconté, rétorqua la jeune femme, les mains croisées sur ses genoux, sans autre bijou que son alliance en or.

— De quoi avez-vous parlé en revenant du concert ? demanda Benjamin avec gentillesse.

— De musique, bien sûr.

— Comment était Judah ? Il devait être fier de Joshua, évidemment, mais était-il comme d'habitude ?

Antonia réfléchit un instant.

— Maintenant que j'y repense, il m'a paru plus absorbé dans ses pensées que d'ordinaire. Sur le moment, j'ai cru que c'était à cause de l'émotion de la musique, et qu'il était peut-être fatigué. Il avait eu un dossier difficile à Penrith. J'ignorais alors à quel point Gower s'était montré odieux. Judah ne m'en avait rien dit : je n'ai eu connaissance des détails qu'après sa mort. C'est un homme diabolique, Benjamin ! À mon avis, haïr à ce point est une sorte de folie… et cela m'effraie.

— Judah a-t-il fait allusion à Gower ? Tâchez de vous rappeler.

Ephraim était assis, immobile, abîmé dans ses pensées. Henry réprima un frisson d'angoisse. Ephraim avait en lui une force, un courage, qui ne reculait devant rien. S'il acquérait la conviction qu'Ashton Gower avait tué son frère, rien ne le dissuaderait de le traîner en justice. Une telle détermination avait quelque chose de dérangeant.

— En fait, dit Antonia, il n'a que très peu parlé. Il s'est contenté de me répondre.

— Il ne vous a pas dit où il allait, ni pourquoi il voulait se promener à cette heure ? insista Benjamin.

— Pas vraiment… Juste pour prendre l'air, répondit Antonia d'une voix hésitante. Je me suis dit qu'il voulait réfléchir.

— Dehors, par une nuit d'hiver ?

La jeune femme ne répondit pas, l'air affreusement malheureux.

Henry fit preuve de plus de délicatesse.

— Vous a-t-il suggéré de ne pas l'attendre ?

Antonia dut réfléchir plusieurs secondes.

— Oui… Oui, il m'a dit quelque chose comme ça. Je ne me souviens plus très bien quoi.

— Il prévoyait donc de s'absenter une heure ou plus, en déduisit Henry.

— Une heure ? s'étonna Benjamin.

— Le temps que Joshua se remette de ses émotions et aille au lit, et qu'Antonia en ait fait autant, expliqua Henry. On dirait que son intention était d'aller jusqu'à la rivière. Qu'est-ce qu'il y a sur l'autre berge ? Où se trouve le site viking, exactement ?

— Plus bas au bord de la rivière, répondit Antonia. Juste au-dessus du gué en aval, avant d'arriver à l'église. Mais il n'allait pas sur le site. Au-delà du gué en amont, il n'y a pas grand-chose, à part un bosquet d'arbres et une cabane de berger. Vous pensez qu'il allait là-bas ? Pourquoi ?

La question n'appelait qu'une seule réponse qui flotta en l'air tel un nouveau fantôme.

— Si c'était pour rencontrer une personne dont il se méfiait, il aurait emmené les chiens, poursuivit la jeune femme. Ils auraient attaqué quiconque l'aurait menacé.

— Ou une personne à laquelle il se fiait, suggéra Henry.

— Ou personne du tout, rétorqua Antonia, les yeux rivés sur le feu. Judah a glissé, voilà tout… comme l'a dit le Dr Leighton.

— Ce qui ne peut pas être mis sur le compte de Gower, commenta Benjamin d'un air sombre. Nous ne sommes guère plus avancés.

Soudain, une autre idée traversa l'esprit d'Henry.

— À moins qu'il ne soit allé là-bas dans l'intention d'aider Gower, de lui proposer de lui procurer un travail ou un moyen de se réinsérer au sein de la communauté.

Ephraim écarquilla de grands yeux.

— Après ce que Gower avait dit de lui ? Mais dans ce cas, pourquoi là-bas ? Et au milieu de la nuit !

— Judah l'aurait de toute manière aidé, affirma calmement Antonia. Il rendait service à toutes sortes de gens. Mais je ne vois pas pourquoi il l'aurait retrouvé là-bas !

— Moi non plus, dit froidement Benjamin. Que s'est-il passé ? Gower l'a tué pour avoir pris cette peine ? Ou bien Judah a glissé, et il l'a laissé se noyer ? Je sais que ce type est une ordure, mais ça n'a rien d'humain.

— S'il a agi ainsi, nous le prouverons, décréta Ephraim en dévisageant son frère. Je veillerai à ce qu'il réponde de chacune de ses paroles, de chacun de ses actes. Plus jamais il ne salira la réputation d'un Dreghorn !

Antonia acquiesça en souriant, les larmes aux yeux.

Une fois seul dans sa chambre, posté devant la fenêtre, Henry contempla les montagnes enneigées qui s'étendaient sous le ciel étoilé en repensant à ce qu'il n'avait pas osé dire devant la famille. Il avait bien connu Judah ; tous deux avaient été amis pendant de longues années, avaient partagé d'innombrables choses, même implicitement. Ils avaient débattu de sentiments trop complexes à expliquer et discuté des nuits entières de questions philosophiques qui se prêtaient à d'interminables explorations.

Or jamais Judah ne serait parti seul rencontrer Ashton Gower dans l'intention de lui proposer son aide, après que celui-ci l'eut accusé de forfaiture – ni à la rivière ni ailleurs. Judah était beaucoup trop subtil pour ne pas se douter que Gower n'aurait pas manqué ensuite de le faire chanter, en faisant valoir qu'il lui avait rendu service pour cacher sa propre culpabilité. C'était un homme de ce genre-là, et Judah le savait.

Plus Henry pesait les informations dont ils disposaient, moins les réponses lui convenaient. Chacune d'elles ne faisait que le renvoyer à d'autres questions sans réponse.

Après avoir fermé les rideaux, Henry se prépara à se mettre au lit. Le lendemain, une fois de plus, il devrait effectuer le trajet jusqu'à la gare de Penrith. Et, une fois de plus, annoncer la nouvelle.

Au matin, le dégel avait commencé, et tout dégoulinait. Une grande partie de la neige ayant fondu, on apercevait de longues traînées noires sur les pentes pelées des collines. Les arbres auxquels hier encore s'accrochaient des stalactites étaient aujourd'hui à nu, leurs branches dessinant une dentelle bien nette contre le ciel.

Une Mrs. Hardcastle à la mine renfrognée leur apporta le petit déjeuner : des œufs au bacon, des saucisses du Cumberland, des toasts, de la confiture de *witherslacks* ou de ces mûres qu'on appelait aussi milans noirs, et du thé brûlant servi dans une théière en argent. La raison de son courroux se fit bientôt connaître. Ashton Gower avait renouvelé ses accusations, et l'une des nouvelles habitantes du village les répétait à qui mieux mieux. L'opinion qu'avait Mrs. Hardcastle de cette femme n'aurait eu aucun mal à faire tourner le lait.

Henry était prêt à partir pour la gare quand Ephraim traversa la cour de l'écurie à grandes enjambées, les pans de son manteau flottant au vent, et grimpa à côté de lui. Voyant qu'il ne lui offrait aucune explication, Henry se garda de tout commentaire. Il avait néanmoins une petite idée de la raison pour laquelle Ephraim l'accompagnait, bien qu'il ne sût pas si cela faciliterait ou compliquerait la tâche d'annoncer la nouvelle à Naomi Dreghorn. Il s'attendait plus ou moins à ce que le jeune homme propose d'y aller à sa place, mais il n'en fit rien. Comme si, pour leurs premières retrouvailles au bout de dix ans – et après la mort de Nathaniel –, Ephraim ne tenait pas à être en tête à tête avec Naomi.

Le vent n'était pas très fort, mais l'humidité qui stagnait dans l'air n'empêchait nullement le froid. Aucun des deux hommes n'avait rien à ajouter sur Gower ou ses accusations. Aussi Henry interrogea-t-il Ephraim sur l'Afrique, et l'écouter lui répondre le détourna un moment de son chagrin.

Ephraim souriait et, durant un instant, il cessa de voir l'étendue des collines parsemées de neige ou les nuages morcelés pour sentir le soleil brûlant sur sa peau, les vents secs de l'Afrique transportant des odeurs de poussière et de bouse animale. Il plissa les yeux dans la lumière en revoyant les plaines sans fin, avec les énormes troupeaux de bêtes sauvages et les étonnants acacias au sommet large et plat.

— La nuit, on entend rugir les lions ! s'enflamma-t-il avec joie. C'est une nature primitive comme nul n'en voit jamais en Europe. Nous sommes devenus vieux et trop civilisés. Entendre le rire dément d'une hyène au milieu de l'obscurité, c'est comme entendre la première blague au commencement du monde... une blague qu'elle est la seule à comprendre.

Pendant une minute, Henry oublia le vent désagréable, et la pluie qui ne tarda pas à s'abattre.

— Et les plantes ! reprit Ephraim. Il y en a de toutes les formes, de toutes les couleurs imaginables, et pas une qui soit perdue ou gaspillée, pas une qui ne soit pas utilisée. C'est tellement splendide que je me sens parfois ivre rien qu'à les contempler !

Ils continuèrent à deviser.

Le trajet passa très vite et, en raison du changement de temps, le train arriva quelques minutes à peine après midi. Au milieu des nuages de vapeur résonnèrent des cris et des claquements de portières.

Henry n'avait jamais vu Naomi. Il réalisa avec étonnement qu'il ne savait même pas à quel genre de femme s'attendre. Les derniers événements l'avaient trop accaparé pour qu'il puisse se faire une image de la jeune femme – grande ou petite, brune ou blonde ? Et à présent, il se tenait sur le quai sans en avoir la moindre idée.

Cinq femmes descendirent du train. Deux d'entre elles étaient âgées et accompagnées de leurs maris ; une troisième, brune et l'air simple, avait une allure sinistre et une tenue austère, comme si elle venait se présenter à une place de gouvernante dans quelque pensionnat rébarbatif. Henry connaissait suffisamment Ephraim pour savoir qu'il ne lui aurait pas même accordé un regard.

Les deux autres étaient jolies ; la première était blonde, délicate et d'une grande féminité. Elle jeta des regards alentour à la recherche d'un visage familier.

Henry s'apprêtait à aller vers elle, certain que ce devait être Naomi, lorsqu'il regarda l'autre jeune femme. Plus grande et les épaules plus larges, elle marchait avec une grâce extraordinaire, comme si se mouvoir était pour elle un plaisir, un art irréfléchi et naturel. De son visage à la beauté peu banale émanait de la volonté, mais plus encore de l'intelligence, comme si tout l'intéressait. Si elle avait un jour ressenti de la peur, il n'en subsistait aucune trace dans son attitude. Henry ne put s'empêcher de se demander si c'était dû à une complète innocence ou à un courage des plus remarquables.

À la seconde où il se tourna vers Ephraim, ses derniers doutes s'envolèrent : il s'agissait bien de Naomi. Henry s'avança à sa rencontre.

— Naomi Dreghorn ?

Elle lui adressa un sourire, charmant mais froid. Elle ne le connaissait pas et, durant quelques secondes, elle sembla ne pas reconnaître Ephraim non plus.

— Mon nom est Henry Rathbone. Je suis venu vous chercher pour vous emmener au manoir. Comme vous vous en souvenez sans doute, il se trouve à une dizaine de kilomètres, sur le lac.

— Enchantée, Mr. Rathbone.

La jeune femme lui adressa un grand sourire ravi et lui tendit la main comme un homme. Une main fine et forte, qui serra la sienne avec fermeté.

Henry lui prit sa valise.

— Et vous vous souvenez d'Ephraim, j'imagine ?

Le visage de Naomi était calme, mais sa chaleur se fit soudain plus distante.

— Bien entendu. Comment allez-vous, Ephraim ?

Il répondit avec un brin de raideur. Naomi aurait pu y voir de la froideur, mais Henry remarqua une maladresse inhabituelle dans l'attitude d'Ephraim ; son aisance coutumière, qui ne manquait pas d'élégance, avait entièrement disparu. Il se trouvait dans une situation défavorable qui ne lui était pas familière.

Ils parlèrent de choses et d'autres tout en prenant place dans la voiture attelée, puis ils sortirent de Penrith pour reprendre la route de l'ouest, face à un vent humide annonciateur d'une prochaine averse.

Ephraim interrogea Naomi sur l'Amérique, semblant lui poser des questions par pure politesse. Mais elle lui répondit avec tant de vivacité, d'imagination et d'esprit qu'il finit par être contraint de s'y intéresser. Elle leur décrivit les grandes plaines de l'Ouest, les troupeaux de bisons au galop qui faisaient trembler la terre sous leurs sabots, les hauts déserts vers lesquels elle s'était aventurée, où la terre rouge et ocre prenait des couleurs de feu, où le vent creusait dans le relief des formes fantastiques, pareilles à des châteaux et à des tours imaginaires.

Pas une seule fois Naomi n'évoqua la mort de Nathaniel, et ni Henry ni Ephraim ne lui posèrent de questions, chacun attendant que l'autre aborde le sujet pour lui annoncer la nouvelle. Concluant une trêve d'une demi-heure avec la mort, ils l'écoutèrent raconter ses voyages et ses aventures, les privations supportées au mieux, et à un moment donné, ils se retrouvèrent même en train de rire.

— J'ai apporté un cadeau à Joshua, dit Naomi, avec une pointe de moquerie dans son sourire. Je crois l'avoir choisi plus parce qu'il me plaisait que parce qu'il lui plaira, mais je ne l'ai pas fait exprès. J'aime bien donner aux autres des choses que j'aimerais garder.

— De quoi s'agit-il ? demanda Henry, soudain piqué de curiosité.

Qu'avait pu apporter cette femme peu ordinaire pour aller avec les Saintes Écritures de Benjamin dans leur boîte sculptée et parfumée et le collier de roi en or et en ivoire d'Ephraim ?

— Un sablier, répondit-elle. Une sorte de *memento mori*. Un rappel de la mort et de la valeur incomparable de la vie. L'objet est en cristal et incrusté de pierres semi-précieuses du désert. Le sable rouge qui coule à l'intérieur vient de ces vallées qui ressemblent à un incendie.

— Voilà qui paraît parfait, commenta Henry avec sincérité. Nous passons une trop grande partie de nos vies à rêver du passé ou de l'avenir. D'une certaine façon, le présent est la seule chose que nous ayons, mais nous ne nous y accrochons pas assez chèrement. Ce cadeau est fait à la fois de beauté et de mémoire, comme les autres qu'on lui a apportés.

— Vous pensez ?

Naomi semblait tenir à son avis.

Si Ephraim ne lui disait rien, Henry allait devoir s'en charger.

— Oui. Mais, avant que nous arrivions au village, je crains d'avoir une terrible nouvelle à vous annoncer.

— Qu'y a-t-il ?

Naomi comprit que c'était sérieux, et la lumière disparut de son visage.

Brièvement, et dans les termes les plus simples, Henry lui parla de la mort de Judah et des accusations d'Ashton Gower, ainsi que des dernières conclusions qu'ils en avaient tirées.

La jeune femme l'écouta avec attention et ne reprit la parole que lorsqu'il eut terminé, alors qu'ils n'étaient plus qu'à deux kilomètres du manoir.

— Qu'allons-nous faire ? demanda Naomi en regardant d'abord Henry, puis Ephraim. Il faut empêcher cet homme de proférer des calomnies. Et s'il a une responsabilité quelconque dans la mort de Judah, nous devons nous assurer qu'il en réponde ! Toute justice mise à part, Antonia et Joshua ne seront pas en sécurité tant qu'il ne sera pas retourné en prison et qu'il n'aura pas été prouvé que ses propos ne sont qu'un tas de mensonges.

Son expression traduisait l'impatience autant que le défi.

Cette fois, ce fut Ephraim qui répondit.

— À nous de prouver que Gower était là, dit-il d'un air sombre. Ce qui sera loin d'être facile, étant donné qu'il aura veillé à ne prévenir personne, et que personne d'autre ne devait se promener dans un endroit pareil en pleine nuit.

— Pourquoi Judah serait-il sorti de nuit dans la neige, si ce n'est pour aller retrouver quelqu'un ? s'enquit Naomi.

Comme ils approchaient des grilles du manoir, aucun de ses compagnons ne lui répondit.

L'heure suivante se passa dans l'émotion de l'arrivée et des paroles de bienvenue, à partager l'inquiétude et le chagrin, tout cela dans une compréhension profonde entre les deux femmes, toutes deux confrontées au veuvage alors qu'elles étaient encore dans leur jeune âge. Bien qu'elles ne se soient fréquentées que peu de temps, et que cette période remontât déjà à plusieurs années, on sentait une aisance dans la façon qu'elles avaient de communiquer, comme si l'amitié leur était chose naturelle.

En fin d'après-midi, ils reprirent la conversation devant l'âtre en prenant le thé, accompagné de scones, de confiture de framboises et de tranches de cake au gingembre, préparé avec les épices et les riches mélasses importées des Antilles.

Cette fois, Antonia se mêla à la conversation.

— Plus j'y réfléchis, plus je suis convaincue que Judah avait l'intention d'aller retrouver quelqu'un, dit-elle d'un air grave. Je ne m'en souviens que maintenant, mais il a sorti plusieurs fois sa montre à gousset de sa poche pour regarder l'heure. Sur le moment, j'ai cru que c'était pour voir combien de temps avait duré le récital, mais une fois lui aurait suffi.

— La difficulté va être d'apporter la preuve qu'il s'agissait effectivement de Gower, fit remarquer Benjamin. Ce n'est pas l'endroit le plus simple pour donner rendez-vous, surtout à une heure aussi improbable.

— Judah y était, pourtant ! objecta Antonia. Aussi absurde que cela paraisse, c'est la vérité.

— Il reste encore une chose que nous ignorons, insista Henry. Une chose importante, ou que nous avons mal comprise et qui n'est pas ce qu'elle paraît.

L'expression d'Ephraim se durcit.

— En tout cas, je suis certain de deux choses : Judah n'aurait rien fait d'injuste ou de malhonnête ; et Ashton Gower est un faussaire qui a déjà été condamné, et animé par la haine et le désir de se venger de la famille qui a acheté ce domaine en toute légalité. Judah est mort, tandis que Gower est en vie et calomnie son nom.

— Cela ne fait aucun doute, admit Benjamin. Le problème consiste à prouver ce qui, selon nous, relie ces deux choses.

Il se tourna vers Antonia.

— Comment était habillé Judah, ce soir-là ?

Elle parut intriguée.

— Le récital avait lieu le soir… Nous étions tous habillés pour ce genre de soirée.

— Il ne s'est pas changé avant de ressortir ?

— Non, répondit Antonia d'un air contrit. J'ai supposé qu'il voulait juste aller faire un tour après être resté assis toute la soirée dans la salle, et ensuite dans la voiture pour rentrer. Pourquoi ? En quoi cela pourrait-il aider ?

— Je n'en sais rien, avoua Benjamin. Mais il est inutile d'espérer découvrir quoi que ce soit au bord de la rivière. Toute marque ou empreinte doit avoir disparu depuis belle lurette… Mais ses habits ont dû être conservés avec soin. Je me disais qu'il pourrait y avoir quelque chose, une déchirure, une note qui indiquerait un rendez-vous, ou n'importe quoi d'autre…

Sa voix retomba, l'espoir l'abandonnant à mesure qu'il parlait.

— Il pourrait y avoir un mot, renchérit Henry en se levant. Il arrive que les choses restent sèches au fond d'une poche. Si on parvenait à déchiffrer quelque chose, cela nous aiderait peut-être. Allons au moins vérifier.

— D'accord, dit Antonia en se levant à son tour. Je ne savais pas quoi faire de ses vêtements. Je n'ai même pas pu me résoudre à les faire nettoyer... ajouta-t-elle avec un pauvre sourire. Peut-être est-ce pour le mieux...

Ils la suivirent à l'étage, puis traversèrent le palier qui menait au dressing de Judah. Henry trouvait dérangeant de pénétrer dans l'intimité d'un homme décédé, de contempler ses brosses et ses boutons de cols étalés sur la commode, les boutons de manchettes rangés dans leurs boîtes, les chaussures et les bottes dans leurs casiers. Son rasoir était posé à côté d'un bol et d'une aiguière devant le miroir dans lequel il devait avoir vu tant de fois son visage...

En jetant un coup d'œil à Benjamin, Henry vit que son expression reflétait des émotions semblables aux siennes – du chagrin, une vague gêne, comme s'ils venaient s'imposer alors que Judah n'était plus en mesure de les en empêcher.

Lorsqu'il regarda Antonia, Henry ne décela rien d'autre que la douleur de sa solitude. Elle avait dû venir ici d'innombrables fois auparavant.

Ephraim, plus jeune que Judah de plusieurs années, portait son deuil à l'intérieur, le dissimulant le mieux possible. Sur son visage tendu, les muscles étiraient sa bouche en une ligne plus fine, et son regard fuyait celui des autres.

Naomi enlaça Antonia par la taille. Sans doute avait-elle déjà effectué la même tâche sinistre et savait ce qu'on ressentait.

Ce fut à Henry que revint d'ouvrir le premier tiroir de la commode, dans lequel était plié le costume sombre, à présent sec et raidi par l'eau de la rivière, maculé de grandes traces de sable et de vase. Il déplia la veste qu'il examina avec attention. Elle n'avait été que peu portée, pas plus d'un an ou deux, et était taillée dans une laine d'excellente qualité. Le tissu, superbe, venait probablement des toisons de moutons des Lacs, même si l'étiquette cousue à l'intérieur était celle d'un tailleur de Liverpool. Ce détail ne lui apprenait rien, sinon que l'homme qui l'avait choisie avait du goût, chose qu'il savait déjà.

Il explora ensuite les poches une à une. Il en sortit un mouchoir, taché d'eau mais encore plié, et qui n'avait pas été utilisé. Il y avait également deux cartes de visite : un fabricant de chemises à Penrith et un sellier à Kendal. Dans le portefeuille, il trouva des papiers, dont certains ressemblaient à des reçus, mais trop endommagés pour être encore lisibles, ainsi qu'une coupure du Trésor de cinq livres – une grosse somme ; non que quelqu'un eût jamais envisagé l'hypothèse d'un vol. La dernière chose était un canif, dont le manche en nacre était incrusté d'une plaque en argent sur laquelle étaient gravées des initiales. Sans doute Judah avait-il laissé ses pièces de monnaie dans les poches de son pantalon. Henry s'apprêtait à le vérifier quand Antonia l'arrêta.

— Qu'est-ce que c'est ? s'écria-t-elle d'un ton brusque. Le canif ?

Henry le lui montra.

— Ça ? C'est un couteau de poche. Judah devait le garder sur lui pour aiguiser sa plume.

Un tel objet était courant. Henry ne comprenait pas le trouble et l'incrédulité d'Antonia.

— Oui, mais… ce canif-là ! s'exclama-t-elle en tendant la main.

Il lui passa le petit couteau.

Elle le retourna dans sa main, le regard perplexe, le teint blafard.

— Qu'y a-t-il, Antonia ? s'étonna Benjamin. En quoi est-ce important ? Ce n'est pas celui de Judah ?

— Si, répondit-elle en les dévisageant chacun leur tour. Il l'avait perdu la veille de sa mort…

Ces derniers mots faillirent rester bloqués au fond de sa gorge.

Benjamin haussa les sourcils.

— Eh bien, il a dû le retrouver. Égarer quelque chose d'aussi petit est assez facile.

— Où l'avait-il perdu ? demanda Henry à Antonia.

— C'est justement ce qui m'étonne… Près de la rivière. Il s'est penché, et le canif est tombé de sa poche. Judah l'a cherché partout, nous l'avons cherché tous les deux, mais nous n'avons pas réussi à le retrouver.

Ephraim exprima alors tout haut ce qu'Henry était lui-même en train de se dire.

— Peut-être est-ce la raison pour laquelle il est retourné là-bas la nuit de sa mort.

À voir son visage et sa voix, il était clair qu'il répugnait à l'admettre, mais son honnêteté l'avait emporté.

— C'est un très joli canif. Et puis, ses initiales sont gravées dessus. Sans doute était-ce un cadeau auquel il tenait beaucoup.

— C'est moi qui le lui avais offert, murmura Antonia. Mais il ne l'a pas perdu près des pierres du gué, à l'endroit où on a retrouvé son corps…

Elle dut s'interrompre quelques secondes, le temps de se reprendre et de maîtriser sa voix.

Un lourd silence retomba dans la petite pièce. Personne ne bougea. Ni ne posa de question.

— C'était à côté du gué qui passe à deux kilomètres en aval. Là où deux grandes pierres sont jetées en travers de la rivière.

— En aval ! répéta Benjamin, l'air stupéfait. Ce n'est pas logique. C'est…

Il s'abstint d'en dire davantage.

Henry devina ce qui occupait les pensées de chacun d'eux. C'était aussi évident sur leurs visages que ça l'était dans son esprit. Les corps ne remontent pas le courant, ils ne font que le descendre.

— Vous en êtes absolument certaine ? demanda-t-il d'une voix douce à Antonia.

— Oui.

C'était la preuve qu'il leur fallait. Après sa mort, Judah avait été déplacé, puis abandonné dans un endroit où l'on croirait qu'il avait été victime d'une chute accidentelle.

— Est-ce qu'il y a des rochers au gué en aval, là où Judah a perdu son canif ? insista Henry.

— Non. Rien que de l'eau, très profonde... et du gravier, répondit Antonia avant de fermer les yeux. On l'a assassiné... n'est-ce pas ?

Le regard d'Henry se posa sur Benjamin puis sur Ephraim avant de revenir sur la jeune femme.

— Oui. Je ne vois pas d'autre explication.

La réalité de la chose le laissa sans voix. La mort de Judah n'avait eu aucun sens, et ils avaient tous partagé la conviction qu'Ashton Gower était capable de commettre un meurtre. Henry lui-même l'avait cru. Néanmoins, tout paraissait très différent maintenant que cela cessait d'être une hypothèse pour devenir une réalité à laquelle il n'était plus possible d'échapper.

— Qu'allons-nous faire ? demanda Naomi. Comment prouver que Gower est le coupable ? Par où commencer ?

D'un geste lent, Ephraim repoussa une mèche sur son front. Il avait les yeux dans le vague, le regard tourné en lui-même.

Benjamin jeta un coup d'œil à Antonia, puis dévisagea Henry. L'horreur se lisait dans ses yeux, un trouble aussi profond que douloureux. La mort l'avait meurtri, comme il s'y était attendu, et comme celle de Nathaniel l'avait fait, mais la haine et le meurtre étaient étrangers à tout ce qu'il avait jusqu'alors connu. Tout le monde regardait Henry parce qu'il était le plus âgé, parce qu'il possédait un calme intérieur qui dissimulait ses émotions et ne trahissait rien de sa souffrance ou de son ignorance. Il avait accepté tout cela depuis longtemps.

— Demain, quand il fera jour, nous irons à l'endroit où Judah a perdu et retrouvé son canif, afin de voir si nous découvrons un quelconque indice. Nous verrons au moins combien de temps il faut pour transporter un corps depuis cet endroit jusqu'à celui où on l'a retrouvé, et retourner ensuite au village. Si nous suivons les traces de celui qui a fait ça, peut-être apprendrons-nous quelque chose.

— Bien, conclut Benjamin. C'est par là qu'il faut commencer. Demain matin.

Ils se mirent en route après le petit déjeuner. La lumière était éclatante, et le lac gris couvert d'ombres argentées qui évoquaient les coups d'un pinceau géant. La glace craquait sous les pieds à chaque pas ; elle s'accrochait comme des rubans miroitants aux branches des arbres. Le vent poussait des nuages épars, les étirant très haut dans le ciel tels des panaches de fumée.

Ils marchaient les uns derrière les autres, Henry et Benjamin en tête, Ephraim tout seul derrière eux. Antonia et Naomi les suivaient, les pieds au sec dans de grandes bottes de cuir. Rien ne pouvait cependant empêcher le bas de leurs jupes d'être mouillé par la neige ramollie.

Le chemin qui menait au gué en aval s'avéra beaucoup plus aisé. Arrivés au bord de la rivière, ils observèrent le paysage sauvage, presque dépourvu de couleurs. Tout n'était que rochers noirs, eau scintillante et neige pâle. Il était possible de tomber en glissant sur les pierres, mais si cela arrivait, ce serait à bonne distance du moindre angle acéré. Il n'y avait là ni rochers ni pente suffisante pour provoquer les blessures relevées sur Judah. Le fond de la rivière était tapissé de petits cailloux et de pierres plus larges parfaitement lisses.

— C'est la preuve, marmonna Ephraim d'un air sombre. Judah n'aurait pas pu tomber accidentellement et se cogner la tête… Quelqu'un l'a tué, et l'a ensuite transporté, ou tiré en amont jusqu'à l'endroit où on l'a retrouvé.

Tout en parlant, il scruta la berge. Les autres suivirent son regard.

— Mais comment ? s'interrogea Benjamin, formulant la seule question qui venait à l'esprit.

Le sol montait en pente raide et, une centaine de mètres plus loin, un bosquet d'arbres se dressait de part et d'autre de la rivière. On ne distinguait aucun chemin, pas même une sente à moutons.

— Comment quelqu'un pourrait-il transporter le corps d'un homme d'âge adulte, et a fortiori d'un homme aussi grand que Judah ?

— Sur un cheval, proposa aussitôt Naomi. C'est le seul moyen. Le terrain est pentu, cahoteux et grimpe sans arrêt.

Elle se tourna vers Antonia.

— Ici ou là-bas, un cheval aurait laissé des traces dans la neige. Nous ne découvrirons rien ici, mais

Wiggins se souviendra s'il a vu des empreintes de sabots à l'endroit où on a retrouvé Judah.

— Il n'y en avait pas, répondit Ephraim à la place d'Antonia. Je lui ai posé la question, pour la bonne raison que je voulais prouver qu'il était allé là-bas dans l'idée de rencontrer quelqu'un.

— Est-ce qu'il a encore neigé cette nuit-là au point de les recouvrir ? questionna Benjamin.

— Non, répondit cette fois Antonia. Et s'il n'y avait pas d'empreintes, cela veut dire que personne d'autre n'était présent... Qui qu'on soit, on ne peut pas marcher dans la neige sans laisser des traces derrière soi...

La douleur dans sa voix était perceptible, comme si on venait de lui arracher un dernier reste de sens au moment même où elle croyait avoir compris.

— Et pourtant, c'est ici qu'on l'a tué ! s'entêta Ephraim. Rien ne flotte vers l'amont !

— L'eau, dit Henry.

Le visage d'Ephraim se crispa, ses yeux d'un bleu aussi glacial que le ciel.

— L'eau ne coule pas en amont, Henry ! rétorqua-t-il d'un ton sec.

Il se retint d'ajouter que sa remarque était stupide et inutile, mais son expression trahissait sa pensée.

— On peut marcher dans l'eau sans laisser de traces, précisa Henry en se retournant vers l'amont. Il suffit de tirer le corps en remontant la rivière, de marcher au fond, l'eau porte le poids. L'autre gué est à moins de deux kilomètres. Ce moyen ne laisserait aucune trace, et il est peu probable que quelqu'un vous verrait. Même si quelqu'un se trouvait dehors, le lit de la rivière est en contrebas, creusé par le courant. Tout ce que vous dérangez donnerait l'impression que c'est l'œuvre du courant, et si quelqu'un était effectivement sorti ce soir-là, où la lune était à moitié pleine, il n'aurait rien vu de sombre sur la neige. D'autant que si vous marchez penché, on ne distinguera rien de plus qu'une forme de rocher, un angle de la berge.

Benjamin lâcha un petit soupir.

— Pourquoi n'y ai-je pas pensé ? C'est une réponse fabuleuse. Quel malin ! Comment allons-nous le prouver ?

— C'est impossible, dit Ephraim en se mordant la lèvre. Raison pour laquelle c'est extrêmement malin. Désolé, Henry.

Henry balaya l'excuse d'un sourire.

— Ce que je ne comprends pas, c'est comment Judah a pu perdre son canif et ne pas le retrouver la première fois, mais l'a vu la fois suivante alors qu'il faisait nuit et qu'il devait avoir autre chose en tête !

Il jeta un regard circulaire sur la barque recouverte de neige, sur l'eau aussi transparente que du verre, puis sur les rebords sombres et anguleux des pierres qui servaient de gué. Elles étaient calées avec soin de façon à ne pas glisser, même quand elles supportaient le poids d'un homme.

— Où l'a-t-il laissé tomber ? demanda Benjamin à Antonia.

— Il s'est penché pour regarder le bout de sa botte, répondit-elle. Il croyait que le cuir était percé, mais ce n'était qu'une éraflure.

— Et où avez-vous cherché ?

— Sur le sentier, dans la neige et au bord de l'eau, au cas où il y serait tombé. Dans la lumière, la nacre aurait sûrement brillé.

Henry inspecta les pierres du gué à l'endroit où elles étaient calées.

— Est-ce qu'il a posé son pied là, quand il a inspecté sa botte ?

— Oui… Oh ! s'écria Antonia, soudain rayonnante. Vous voulez dire que le canif a dû tomber entre les pierres ? Et que Judah s'en est sans doute souvenu…

— C'est possible ?

À son expression, Henry devina que la réponse était oui.

Ephraim se tourna de nouveau vers la rivière.

— Vous supposez que Gower a amené le cheval jusque là-bas, avec Judah jeté dessus en travers ?

Tout le monde suivit son regard pour constater le tracé sinueux de la rivière, plus ou moins profond par endroits.

— C'est possible, confirma Henry. À moins qu'il ne l'ait laissé là et ne soit remonté à pied en le tirant. Aucune de ces solutions ne paraît simple, sans compter que ça lui aurait pris plus de temps que nous ne le pensions au départ. Il a dû rester absent de chez lui une bonne partie de la nuit, et devait être à moitié mort de froid après avoir remonté le courant sur près de deux kilomètres, de l'eau glacée jusqu'aux cuisses – et cela qu'il ait mené le cheval, ce qui aurait été pénible, ou qu'il ait tiré le corps. Après quoi, il lui aura fallu rentrer chez lui à pied dans la neige. Je ne serais pas surpris qu'il ait attrapé des engelures aux pieds.

— Tant mieux ! se réjouit Ephraim. J'espère qu'il en perdra les orteils.

— Il ne se risquerait pas à aller consulter Leighton pour si peu, remarqua Benjamin d'un air songeur.

Le vent s'était levé, et à l'ouest, le ciel était tout gris.

— Il va encore neiger, ajouta-t-il. Désormais, nous savons ce qui s'est passé. Nous réfléchirons aux dispositions à prendre à la maison.

Sur ces mots, offrant son bras à Antonia, il fit demi-tour et repartit vers le manoir.

Une fois débarrassés de leurs vêtements humides, ils se rassemblèrent autour du feu. Dès que Mrs. Hardcastle leur eut apporté du chocolat chaud et du cake au gingembre, ils se lancèrent dans une grande discussion sur ce que chacun d'eux était en mesure de faire pour amener Ashton Gower devant la justice.

Personne n'en doutait, Benjamin avait une grande intelligence, un esprit vif et ordonné, et pour peu qu'il surmonte l'émotion envahissante due à la colère, ses atouts l'aideraient à diriger l'enquête. Il serait à même de tirer parti des éléments qu'ils parviendraient à découvrir pour les intégrer au récit qu'il présenterait aux autorités. Son caractère de meneur faisait l'unanimité.

Ephraim, lui, avait du courage, et une ténacité qui ne tolérerait d'aucun échec qu'il le détourne de son but. Maintenant qu'ils étaient certains d'être devant un crime à résoudre, cette ténacité n'en serait que d'autant plus précieuse.

Ce fut Henry qui suggéra qu'ils devraient également s'en remettre au charme de Naomi s'ils désiraient apprendre ce qui resterait autrement hors d'atteinte. Le rire et le sourire facile permettaient souvent d'obtenir ce dont l'exigence demeurait incapable. Désireuse de se rendre utile, elle accepta sans même discuter.

Quant à Antonia, veuve depuis peu avec un enfant si jeune, la coutume et l'étiquette lui imposaient de demeurer chez elle. En outre, elle n'avait aucune envie de laisser Joshua en compagnie d'une gouvernante ou d'un tuteur à s'interroger sur ce que concoctaient les adultes, sachant pertinemment que quelque chose n'allait pas sans qu'on lui dise quoi, ni comment ils comptaient résoudre le problème. En revanche, la réputation d'Antonia et l'estime acquise auprès des gens du village depuis de longues années joueraient en leur faveur.

— Nous déjeunerons de bonne heure et commencerons dès cet après-midi, décida Benjamin.

Le visage grave, il se tourna vers Ephraim.

— S'il y a quelqu'un au village qui sait quel genre d'homme est Gower, c'est Colgrave. Et même s'il n'a rien d'une personne aimable, il est notre meilleur allié. Va le voir, et demande-lui de nous aider comme il peut. Il croira sans mal que Gower a pu assassiner Judah, mais évite d'aborder la question avant lui. Souviens-toi que nous visons deux objectifs : établir de façon précise comment Judah est mort…

Il pinça les lèvres, les yeux luisants de colère. Benjamin ne dominait qu'à grand-peine sa douleur. Judah avait été son grand frère, adoré et admiré. Les souvenirs qu'il gardait de lui débordaient de rires, d'aventures et d'amitié. L'idée qu'une créature comme Ashton Gower pût non seulement les priver d'avenir mais se permettre en plus de souiller leur passé lui était insupportable.

— … et en apporter la preuve afin de lui rendre justice, reprit-il. Mais il nous faut aussi mettre un terme définitif à ses mensonges et démontrer à tout le monde que ce qu'il prétend est faux. Dans un cas comme dans l'autre, Colgrave devrait pouvoir nous aider. Mais prends garde à la façon dont tu le lui demanderas.

— Ne t'inquiète pas, répliqua Ephraim, les coins de sa bouche s'affaissant. Il n'est pas question que je me fie à lui. Mais il m'aidera au mieux, je te le promets.

Benjamin s'adressa alors à Naomi.

— Henry et moi avons déjà parlé à Gower. Nous l'avons croisé par hasard dans la rue. La haine le consume. Même la mort de Judah ne suffit pas à le combler. Il compte se justifier et récupérer le domaine pour…

— Je veillerai à ce qu'il aille en enfer avant ! s'exclama Ephraim d'une voix rauque.

— L'affronter ne servirait à rien, fit valoir Benjamin. À nous de déterminer où il se trouvait cette nuit-là, et s'il a eu ne serait-ce que la possibilité de se rendre là où Judah a été tué, ainsi qu'aux pierres du gué où son corps a été retrouvé. Est-ce qu'il a pu se procurer un cheval ? En a-t-il volé un ? Quelqu'un l'a-t-il vu, et auquel cas, à quelle heure ? Si nous tirons de lui le moindre renseignement, ce sera par le charme ou par la ruse. Naomi…

— Non ! s'interposa Ephraim, se montrant aussitôt protecteur. Tu ne peux pas demander à Naomi d'aller lui parler… Bon sang, Ben, cet homme a assassiné Judah !

Naomi rougit de voir l'émotion d'Ephraim.

— Il ne saura pas qui elle est, lui rappela Benjamin, qui ne vit apparemment rien de son trouble ou de l'embarras de la jeune femme, et ne pensait qu'à ses plans. Et si Henry l'accompagne…

— J'aime autant y aller seule, s'empressa de dire Naomi.

Elle décocha à Henry un sourire complice, comme s'il était à même de la comprendre, puis s'adressa de nouveau à Benjamin.

— Au moins la première fois, je pourrai prétendre ce que je veux ou le lui laisser croire. Si j'y vais avec Mr. Rathbone, sachant qu'il est votre ami, Gower me pendra en grippe dès le départ.

— C'est un homme dangereux, répéta Ephraim d'une voix ferme. Vous oubliez ce qu'il a déjà vécu. Il vient de passer onze ans en prison à Carlisle. Ce n'est pas un…

Naomi le considéra avec un vague sourire, mais son regard était direct, exprimant même un brin de défi. En les observant, Henry réalisa qu'il y avait entre eux bien davantage que lui-même ou Benjamin ne l'avaient supposé… et beaucoup plus d'émotion.

— Nous le soupçonnons d'avoir assassiné un membre de notre famille, répliqua froidement Naomi. Je le comprends, Ephraim. J'irai le rencontrer ouvertement et en plein jour. C'est un homme vil – de cela nous sommes tous certains –, mais il est loin d'être idiot. S'il l'était, nous n'aurions pas tant de mal à le confondre.

Le rouge de la colère gagna les joues d'Ephraim, en même temps que la conscience d'avoir trahi ses sentiments. On aurait dit que ce genre d'échange ne leur était pas nouveau, rien qu'un élément à ajouter à une divergence déjà établie.

Benjamin regarda son frère, puis sa belle-sœur, avec l'impression d'avoir raté quelque chose, mais sans trop savoir quoi.

— Vous êtes sûre que vous ne préférez pas qu'Henry vienne avec vous ? demanda-t-il.

— Sûre et certaine, assura Naomi. Si Gower me voyait avec quelqu'un de la maison, cela reviendrait à abattre notre main.

Elle jeta un regard à Antonia en se mordillant la lèvre.

— Pardonnez-moi... C'est une expression que j'ai entendue dans la bouche de joueurs de cartes. Je crains d'avoir eu de drôles de fréquentations au cours de mes voyages. Les sites géologiques ne se trouvent pas toujours dans les lieux les plus civilisés !

Antonia eut un sourire amusé qui parut sincère pour la première fois depuis l'arrivée d'Henry, peut-être même depuis la mort de Judah.

— Ne vous excusez pas, je vous en prie. Un jour, quand toute cette affaire sera terminée, j'aimerais en entendre plus sur vos pérégrinations. Avoir une famille a bien des avantages, mais cela signifie aussi perdre des occasions. Je comprends toutefois l'allusion... Vous seriez surprise de voir à quel point certaines dames du village deviennent acharnées et retorses quand il s'agit de jouer aux cartes !

Cette fois, ce fut au tour de Naomi de sourire malgré elle.

— Bien sûr, j'aurais dû y penser. Le désir de jouer et de gagner est universel, j'imagine. Mais croyez-moi, je jouerai mieux contre Mr. Gower si je le rencontre seule.

Benjamin se rangea à son avis.

— Je vais aller au village, dit-il, après quoi je suivrai le chemin que Gower a dû emprunter pour voir combien de temps il lui aurait fallu, y compris en remontant le lit de la rivière à pied.

— Vous allez geler ! s'inquiéta Antonia.

Il lui sourit.

— C'est probable. Mais je m'en remettrai. Je prendrai un bon bain chaud en rentrant. Je ne serai pas le premier homme à revenir trempé. C'est ce qui arrive régulièrement aux bergers. Il est temps que nous fassions quelque chose pour Judah, en dehors de discuter et de nous lamenter.

Personne n'émit d'objection. Lorsqu'il se leva, il jeta un bref coup d'œil à Henry. Aucun d'eux ne lui avait demandé ce qu'il comptait faire, mais la question se devina dans le regard de Benjamin, et dans celui d'Ephraim quand il se leva à son tour.

— Oh, je voudrais juste vérifier une ou deux choses ! expliqua Henry en s'excusant quand ils se séparèrent dans l'entrée.

Il monta dans sa chambre, se changea pour enfiler une tenue plus adaptée, puis passa prendre un cheval à l'écurie. Il ne voulait dire à personne ce qu'il comptait faire. Il voyait plus loin, mais pour cela, il lui fallait s'entretenir avec le secrétaire de Judah dans ses bureaux à Penrith.

Il s'esquiva en hâte, espérant que personne ne le verrait. Il n'avait pas envie qu'on l'interroge sur l'endroit où il se rendait – pas encore.

Le vent dans le dos, tandis qu'il cheminait sur la route pentue en direction de l'est, Henry retourna dans sa tête les éventualités de l'enquête. Et si Benjamin découvrait que Gower n'avait concrètement pas pu parcourir la distance dans le temps requis ? Et si les questions de Naomi démontraient l'innocence de Gower, non parce qu'il n'en aurait pas eu l'intention, mais parce qu'il aurait été dans l'incapacité de commettre lui-même un tel acte ? S'ils échouaient à prouver la culpabilité de Gower, que feraient-ils ? Henry voulait découvrir quelque chose, une nouvelle voie à suivre, d'autres pistes à explorer. Existait-il une tierce personne que Gower aurait pu utiliser, avec ou contre sa volonté ? Avait-il eu un complice dans l'affaire dès le départ qui ne serait jamais apparu au grand jour ? Quelqu'un d'autre tirait-il profit de cette tragédie… ou de ces calomnies ?

Comme le cheval qu'il montait était un bon animal, Henry trouva la chevauchée enivrante, elle lui aiguisait même l'esprit.

Restait toujours une forte probabilité pour que, en raison de son aversion pour Gower et ses révoltantes accusations, la famille ait omis d'envisager que Judah se soit fait d'autres ennemis. Il avait été juge pendant un certain temps. Aussi rares que fussent les délits graves dans la région des Lacs, on en déplorait un certain nombre. Judah avait certainement condamné d'autres hommes à des amendes ou à des peines d'emprisonnement.

Qui encore lui en tenait rancune ? Henry ne croyait pas le moins du monde que Judah eût été corrompu, ce qui ne signifiait pas que tous aient le même avis. Nombreux sont ceux qui refusent de reconnaître qu'eux-mêmes, ou ceux qu'ils aiment, puissent commettre une erreur ou être les propres artisans de leur malheur. À court terme, il paraît plus simple de blâmer autrui, de laisser la colère et l'orgueil vous enfermer dans le déni. Certains y vivent à tout jamais. D'autres reconnaissent leur part une fois que toute vengeance s'est révélée impuissante à guérir la faiblesse qui les a précipités dans leur chute. Plus on persiste à adresser des reproches à autrui, plus il devient difficile de revenir en arrière, tant et si bien que tout l'édifice de ce à quoi l'on croit repose sur un mensonge, et que le démonter équivaudrait à se détruire soi-même.

Qui, hormis Gower, pouvait s'être enfermé dans ce genre de prison ? Henry avait besoin de le savoir, au cas où le chagrin et la rage, l'adoration de toute une vie pour un grand frère, auraient rendu Ephraim et Benjamin aveugles à d'autres hypothèses.

Néanmoins, Henry n'imaginait pas une seconde que Judah soit coupable de ce dont Gower l'accusait. Il avait bien connu Judah et l'avait aimé comme un ami. Dans la mesure où il n'avait partagé avec lui ni les passions de l'enfance ni aucun lien de sang, il avait porté un regard objectif sur l'homme qu'il était. Certes, Judah n'avait pas été exempt de défauts. Il affichait parfois trop d'assurance, manifestait de l'impatience face à ceux dont la réflexion était plus lente que la sienne. En outre, il était insatiable dans sa soif de connaissances, désordonné, et il lui arrivait de faire de l'ombre à d'autres sans même s'en rendre compte. Mais il était d'une profonde honnêteté, aussi prompt à reconnaître ses erreurs que celles d'autrui, et ne manquait jamais ni de s'en excuser ni de s'en amender.

Henry se devait de connaître la vérité, toute la vérité. Sans quoi, ils ne pourraient pas défendre Judah. Ni Antonia.

Le temps d'arriver, il sut avec précision ce qu'il voulait faire. Quelques questions posées à l'auberge où il laissa sa monture lui suffirent pour se retrouver dans le bureau du greffier du tribunal, un certain James Westwood, qui le reçut avec une courtoisie empreinte de gravité. Celui-ci prit place derrière un magnifique bureau en noyer, ses lunettes perchées au bout d'un assez long nez.

— Je ne peux rien vous révéler de confidentiel, vous le comprendrez, prévint aimablement Westwood.

— Oui, je comprends. Mon fils est avocat à Londres.

— Rathbone ? s'exclama Westwood, le visage radieux. Vraiment ? Oliver Rathbone ? Ma foi… C'est donc votre fils ? Un homme extraordinaire !

Il se fendit d'un petit sourire.

— Mais je ne peux toujours rien vous dire de confidentiel. Non qu'il y ait grand-chose là-dedans qui le soit, remarquez. Une sale affaire. Et des plus ridicules !

— Le domaine appartenait à la famille Gower ? commença Henry, se bornant à répéter ce que lui avait expliqué Antonia.

— En effet. À l'origine, il appartenait à la famille Colgrave. Et il est revenu par la suite à Mariah, la veuve de Bartram Colgrave, qui s'est remariée avec Geoffrey Gower, dont elle a eu deux fils. Le premier est mort en bas âge, le second n'est autre qu'Ashton Gower. À l'époque, cependant, la propriété était de taille beaucoup plus réduite. C'était avant qu'ils construisent la grande maison et, cela va sans dire, bien avant qu'ils aient découvert le site archéologique, avec les pièces anciennes et le reste ! Mais je m'égare…

Westwood toussota puis se racla la gorge.

— La veuve, Mariah Colgrave, n'a pas seulement apporté les terres dans son second mariage, mais aussi pas mal d'argent. Grâce à cela, Geoffrey Gower a racheté du terrain et fait bâtir le manoir qui est au centre du domaine aujourd'hui. À sa mort, l'ensemble est revenu à Ashton, le seul fils survivant.

Henry était perplexe.

— Mais alors, qu'est-ce qui a été falsifié ? Et en quoi Ashton Gower en serait-il responsable ? Les choses semblent s'être passées avant qu'il soit né. Comment Peter Colgrave aurait-il eu des droits sur le domaine ? Il n'était pas un descendant en ligne directe.

Westwood fit la moue.

— Le problème ne concerne pas le domaine en tant que tel, mais la date, expliqua-t-il. Tout repose sur la question de savoir si la partie supplémentaire – qui comprend la maison, la meilleure parcelle de terrain et l'endroit où le trésor viking a été découvert – a été achetée avant ou après la mort de Wilbur Colgrave.

— Qui était Wilbur Colgrave ? interrogea Henry, qui avait un peu de mal à suivre.

— Le frère de Bartram et le père de Peter Colgrave. La question était de savoir à qui allait l'héritage, vous comprenez ? Avant la mort de Wilbur, il devait revenir à Peter Colgrave. Après, il revenait à Mariah, et par la suite à son fils, Ashton Gower.

— Ne le savait-on pas à l'époque ? s'enquit Henry qui ne comprenait toujours pas. D'autant que, si c'était un faux, puisque Ashton Gower n'était pas encore né, il n'était pas rationnel de le lui reprocher.

Westwood agita un doigt en l'air.

— Ah, c'est que le problème n'a été soulevé qu'à la mort de Mariah, il y a seulement onze ans ! Jusque-là, chacun tenait cela pour acquis.

— Mais si c'est Mariah qui a falsifié les actes, ou Geoffrey, Ashton Gower n'y est toujours pour rien !

— Vous touchez là au point essentiel ! acquiesça Westwood, que le sujet semblait passionner. Car le faux incriminé était de facture récente ! Ils s'en sont aperçus à cause de l'encre sur le document, bien que celui qui l'a fabriqué ait pris soin de retirer tous les cachets de l'ancien, celui de la famille, pour les réutiliser. Très habile, sauf que le reste ne ressemblait à rien !

— Pourquoi Wilbur Colgrave n'a-t-il pas revendiqué le domaine – et l'argent – à l'époque ? s'étonna Henry. Il lui revenait de droit !

— C'est une excellente question, reconnut Westwood avec vivacité. L'homme était une sorte de gredin, et la rumeur veut qu'il ait toujours été plus ou moins amoureux de Mariah – l'épouse de son frère. D'après ce qu'on raconte, c'était une vraie beauté, dans sa jeunesse. On dit même qu'elle aurait payé le terrain en accordant quelques faveurs personnelles...

Le greffier s'empourpra très légèrement.

— À mon avis, moins on en dit, mieux on se porte... Quoi qu'il en soit, pour revenir à la partie qui concerne Judah Dreghorn, le jour où Ashton Gower est venu faire valoir son droit de succession, Peter Colgrave a juré que Gower avait falsifié les actes de propriété, et qu'elle devrait lui revenir à lui, en tant qu'héritier de Wilbur Colgrave, frère cadet et héritier de Bartram, et non pas à sa veuve, qui avait mis la main dessus grâce à son mariage. Il y avait eu substitution d'héritage, lequel était censé rester au nom de Colgrave, sauf que Wilbur était mort lui aussi, laissant une veuve et un fils, Peter. Tout cette histoire était pour le moins confuse.

— Et Ashton Gower en a profité pour essayer de prouver que le domaine était à lui en fabriquant un nouveau document où figurait la bonne date pour Mariah, et par conséquent pour lui ?

— Précisément. Sauf que sa ruse n'a pas marché. Le terrain est revenu à la famille Colgrave, c'est-à-dire au seul membre encore vivant, Peter. À qui il aurait sans doute dû revenir dès le départ.

— Et Gower est allé en prison, conclut Henry.

— C'est exact. Il avait tenté de s'approprier une grosse somme en recourant à des moyens frauduleux, observa Westwood d'un air sévère. Un tel acte ne saurait rester impuni. La sentence était parfaitement juste et appropriée.

— Ashton Gower a donc perdu sa maison en même temps que la fortune qu'il avait toujours crue être la sienne. Pas étonnant qu'il en ait éprouvé de l'amertume...

Henry l'imaginait sans peine – le jeune Gower grandissant dans l'amour de sa terre, la parcourant à cheval et grimpant sur les collines en ayant le sentiment qu'elle lui appartenait. Et d'un seul coup, il avait perdu son père, en même temps que son héritage ; par là même son identité et sa place au sein de la communauté. Il n'y avait rien de surprenant qu'il soit furieux au point de ne pouvoir raisonner avec sagesse. Mais cela n'excusait pas la malhonnêteté, et en tout cas, Judah n'y était pour rien.

— Pourquoi s'en est-il pris à Judah Dreghorn ? demanda Henry.

— Ah ! fit Westwood en joignant le bout des doigts. Voilà une chose qui me dépasse ! Gower a perdu tout contrôle de lui-même. Il a tempêté et déliré devant le juge, allant jusqu'à l'accuser de corruption au cours du procès. Et ensuite, quand Colgrave s'est empressé de vendre le domaine et que Dreghorn l'a acheté, Gower a juré de se venger de Dreghorn pour avoir menti du début à la fin. Il a soutenu que les actes étaient authentiques et que Dreghorn le savait. Ce qui était à l'évidence inepte. Et néanmoins fort désagréable. Extrêmement affligeant.

— Et aujourd'hui, Judah est mort, et dans de très étranges circonstances...

Avant d'aller plus loin, Henry regarda Westwood droit dans les yeux.

— Croyez-vous que Gower soit déterminé à se venger au point d'avoir pu s'en prendre à lui ?

— Oh, mon Dieu ! fit Westwood en secouant la tête d'un air navré. Vous me posez là une question très inconvenante, Mr. Rathbone. Et à laquelle je préférerais ne pas répondre. D'ailleurs, je n'ai pas l'impression que je le puisse vraiment !

Son regard était très calme, son œil perçant et brillant. Son refus était en soi une réponse, mais il fixa Henry assez longtemps pour s'assurer qu'il l'interprétait bien comme tel.

— Je vois, dit Henry en hochant la tête. Oui, c'est évident… Savez-vous pour quelle raison Peter Colgrave n'a pas souhaité conserver le domaine ?

— Voilà un autre homme sur lequel je préférerais ne pas émettre d'opinion…

Le greffier esquissa un sourire en regardant Henry par-dessus ses lunettes.

— Ne me forcez pas à jouer les indiscrets, au risque de nous mettre dans l'embarras vous et moi, ajouta-t-il.

Henry ébaucha un petit sourire.

— Merci. Je pense avoir compris une partie du problème actuel, mais toujours pas comment Ashton Gower a cru pouvoir s'en tirer en agissant de manière aussi stupide.

— L'arrogance ! commenta tranquillement Westwood. J'imagine qu'il a fabriqué ce faux sous le coup de la colère, sans doute le jour où il a découvert l'original et réalisé les conséquences qui en découleraient pour lui. Et ensuite, il n'a pas pu faire machine arrière. Mais ce n'est là qu'une hypothèse de ma part.

Henry le remercia, et lorsqu'il ressortit dans l'après-midi glacé, le jour commençait déjà à décliner.

Tout le monde se retrouva avant le dîner, qui eut lieu un peu plus tard que d'habitude. Mrs. Hardcastle avait préparé un repas somptueux, et la maison était décorée de couronnes de Noël, entrelacées de houx, de feuilles de lierre et de branches de sapin. Il y avait également de belles pommes luisantes – des rouges, des jaunes et des vertes –, ainsi que des corbeilles de noix entourées de rubans dorés.

Du fait de leur deuil récent, Henry contempla tout cela avec surprise, puis jeta un regard interrogateur à Antonia, de crainte que les domestiques n'aient pris cette initiative sans lui en avoir demandé la permission.

Elle le rassura d'un sourire.

— Ce n'en est pas moins Noël, dit-elle avec le plus grand calme. Il ne faut pas l'oublier ou l'ignorer. S'il n'y avait pas Noël, il n'y aurait pas d'espoir. Or je me dois d'en avoir : un espoir fou et irraisonné, contraire à toute logique humaine, en ces choses dont seul Dieu est capable.

— Nous nous le devons tous, reconnut Henry tandis qu'ils se dirigeaient ensemble vers la salle à manger. Nous ne manquerons pas de fêter Noël. Merci.

Ils s'installèrent à leurs places respectives, et les plats défilèrent les uns après les autres. Ils s'apprêtaient à attaquer le pudding lorsque, enfin, ils abordèrent le sujet de leurs diverses allées et venues de la journée.

— J'ai parcouru les distances à pied, expliqua Benjamin d'un air songeur. Les couvrir entre l'heure à laquelle Judah aurait pu se rendre à la rivière et celle à laquelle on a découvert son corps paraît possible, à condition toutefois de ne pas traîner. Et Gower n'aurait pas eu le temps d'attendre Judah plus de cinq minutes. Du moins, pas si Judah est allé là-bas directement. Certes, il aurait pu attendre Gower, car nous n'avons pas une idée précise de l'heure de sa mort, sinon qu'elle se situe un peu avant trois heures du matin, heure à laquelle on a retrouvé son corps. Et nous ne savons pas non plus à quelle heure Gower est rentré chez lui.

Il se tourna vers Naomi.

— Peut-être le savez-vous ? Vous avez réussi à le rencontrer ?

La jeune femme eut un petit haussement d'épaules.

— Les choses ont été plus simples que je ne m'y attendais.

Elle fixait Benjamin, évitant le regard d'Ephraim, lequel n'en avait pas moins conscience qu'elle savait qu'il la regardait.

— Comment vous y êtes-vous prise ? demanda Antonia.

— Avec plus d'inventivité que je ne suis fière de l'admettre, répondit Naomi en lui souriant. Permettez-moi de vous faire la faveur de ne pas vous le dire, comme ça, vous pourrez continuer à croiser les gens du village en toute innocence. On parle de vous avec un tel respect !

Son regard franc fixa Antonia.

— Vous êtes très admirée, même par ceux qui sont assez bêtes pour écouter Gower ! Votre réputation est votre principal atout. Quand nous serons tous repartis, vous resterez là, et il sera alors important que rien n'ait changé.

Antonia esquissa un sourire sans lui répondre.

Henry, qui n'avait encore jamais envisagé la situation dans des termes aussi crus, réalisa qu'Antonia ne l'avait sans doute pas fait non plus. Aucun d'eux n'avait envisagé les choses au-delà du choc et de la colère du moment présent. Mais, effectivement, Benjamin retournerait en Terre sainte, où il était sans doute au beau milieu d'une fouille importante. Ephraim repartirait vers l'Afrique et ses explorations, vers les plantes et les découvertes qui le fascinaient tant. Naomi referait le long voyage jusqu'en Amérique et irait poursuivre le travail de Nathaniel dans l'Ouest, où elle retrouverait ses propres amis dans la vie que tous deux s'étaient construite là-bas. Henry lui-même regagnerait Primrose Hill, où il retrouverait les joies et les soucis de Londres. Quant à Antonia, elle mesurerait alors pleinement l'ampleur de sa solitude.

Henry repensa à la mort de sa femme. Au début, le choc engourdit en grande partie la douleur. Il y a des tas de choses à régler, des gens à prévenir, des dispositions à prendre. On force son courage à surmonter sa faiblesse et, par respect pour les autres, on se comporte avec dignité.

Mais après, une fois le premier moment du deuil passé et l'attention retombée, les amis et la famille s'en retournent vers leurs vies, et le véritable poids du manque commence à peser. Rien de ce qu'on avait l'habitude de partager n'est plus comme avant. Le silence du cœur paraît assourdissant. Antonia avait encore cette épreuve-là à affronter.

Naomi avait déjà vécu cette expérience, mais au moins avait-elle un travail qui mobilisait son énergie et ses pensées. Certes, Antonia aurait à s'occuper du domaine et de Joshua, mais le chagrin de l'enfant lui serait un fardeau supplémentaire.

— Qu'avez-vous appris ? était en train de demander Benjamin à Naomi.

La jeune femme avait déjà répondu à plusieurs de ses questions, mais Henry n'avait pas écouté.

— Il semble que Gower ait passé la soirée avec les Pilkington, expliqua Naomi avec un vague air dégoûté. Mrs. Pilkington est une femme à la poitrine aussi généreuse qu'elle a l'esprit méchant. Elle a une opinion sur la valeur morale de chaque chose, bonne ou mauvaise. Son mot favori est « décadent ». Je ne vois pas pourquoi, étant donné qu'à mon avis elle ne sait pas ce que ça veut dire.

— C'est une parvenue ? demanda Henry, sachant combien les différences sociales étaient porteuses de jalousie et d'ambition.

Le visage de Naomi s'éclaira d'un grand sourire désarmant.

— Exactement ! Le vieil argent doit être obtenu de façon immorale. Le sien est tout récent, bien sûr. Si elle a épousé la cause de Gower, c'est bien parce que les vieilles familles le jugent insupportable. Et comme le récital de violon lui paraissait « décadent », elle n'y a pas assisté. Sans doute ne fait-elle aucune différence entre Bach et Mozart et ne tient-elle pas à se retrouver reléguée au second plan, la pauvre âme.

Sa voix vibra soudain d'une note de compassion, comme si l'absurdité de la prétention avait trahi la frayeur et le vide qu'elle recouvrait.

Ephraim s'en aperçut, ce qui se traduisit chez lui par une expression d'étonnement, non pas par rapport au village, mais par rapport à ce qu'il venait d'entrevoir chez Naomi – une nouvelle beauté.

— Mais Gower était là ? lui demanda-t-il.

— Oui. Il les a quittés pour rentrer chez lui juste après dix heures.

— Par conséquent, il aurait pu arriver au gué en aval au moment où Judah s'y trouvait, en déduisit Benjamin. Mais cela aurait été difficile. Les Pilkington n'habitent-ils pas au bord de l'eau ?

— Si.

Il réfléchit un instant.

— Il aurait fallu qu'il ait la chance de son côté, reprit-il. À moins que Judah ne soit resté là un moment à l'attendre. J'ai interrogé toutes les personnes que j'ai pu sur cette journée-là – les domestiques du manoir, des gens à la poste et au village. Rien n'indique que quelqu'un ait transmis un message à Judah pour qu'il vienne retrouver Gower, ni que Judah lui en ait envoyé un. Et ce n'est pas le genre d'endroit où l'on se rencontre par hasard !

— À dire vrai, ce n'est pas un endroit fait pour se rencontrer du tout, remarqua Henry. Je continue à trouver difficile d'accepter cette idée.

— Nous n'avons pas le choix, rétorqua Benjamin. C'est là qu'est allé Judah, sans quoi il n'aurait pas récupéré son canif. Et le gué en amont a beau sembler aussi improbable, c'est pourtant là qu'on l'a retrouvé.

Il se tourna vers Naomi.

— Qu'avez-vous pensé de Gower ?

Elle hésita une seconde.

— C'est un homme très en colère, du genre à frapper le premier par peur de ne plus en avoir l'occasion par la suite, répondit-elle. Un homme si obsédé par ses propres émotions qu'il n'a ni le temps ni la place de prendre en considération celles des autres. Je ne suis pas certaine d'avoir voulu voir du bon en lui, mais s'il y en avait, il serait facile de passer outre. Par contre, il n'a rien d'un imbécile. Raison pour laquelle je me demande comment il a pu imaginer s'en sortir en se livrant à un faux en écriture aussi grossier.

— Même les gens les plus intelligents se comportent parfois bêtement, quand ils se laissent emporter par leurs passions, observa Henry, que semblait tarauder un souvenir. Dans ces moments-là, nous perdons toute vue d'ensemble et ne voyons plus que ce que nous voulons voir. C'est une sorte d'arrogance. Être intelligent ne signifie pas toujours être sage... ou honnête.

Naomi le regarda, et la chaleur de son sourire donna l'impression que le feu s'était soudain ranimé, dissipant les zones d'ombre et les coins froids dans la pièce.

— Non, c'est vrai, convint-elle. Mais ce sont ces choses-là qui valent le plus la peine d'être conquises, et sans lesquelles le reste n'a que peu de valeur. Je devrais me désoler davantage pour Ashton Gower, et pour cette imbécile de Mrs. Pilkington. Ce sont eux-mêmes qu'ils trompent, en fin de compte.

Ephraim demeurait silencieux, presque immobile. Il fallait l'observer avec attention pour se rendre compte à quel point il était concentré sur Naomi.

— Aurait-il pu tuer Judah ? Est-ce que ça paraît possible ? demanda doucement Benjamin.

— Oui, répondit Ephraim en se tournant vers lui. Et même si je ne parviens pas à apprécier Colgrave – c'est un homme froid, bien qu'il le cache –, il nous aidera, du moins dans cette affaire. Il déteste l'injustice, et cela vaut aussi bien pour nous que pour l'ensemble du village. Il la considère nocive pour tout le monde.

Benjamin approuva d'un signe de tête.

— Bien. C'est un début, mais ce n'est en aucun cas une preuve.

— Que pouvons-nous faire d'autre ? interrogea Antonia.

Bien que troublée, elle s'efforçait au mieux de masquer son désespoir. Elle commençait à réaliser le long avenir qui l'attendait une fois qu'ils seraient tous repartis et qu'elle se retrouverait seule au village – en butte aux chuchotements et aux arrière-pensées, avec la mémoire de son défunt mari à protéger et son fils à élever en faisant en sorte qu'il reste confiant et sûr de lui.

— Je ne sais pas encore, répondit Benjamin. Mais nous y arriverons. Judah était notre frère et, personnellement, je ne repartirai pas d'ici tant que je n'aurai pas blanchi son nom, je vous en fais la promesse !

— Moi non plus, renchérit Ephraim avec ferveur. Je vous en donne ma parole – pour vous et pour Joshua, mais aussi pour Judah !

Antonia baissa la tête, et les larmes ruisselèrent sur ses joues.

— Merci, dit-elle tout bas.

Au matin, entre les hauts nuages qui défilaient dans le ciel, le soleil osa une timide percée. Henry se leva de bonne heure, avala une tasse de thé, puis s'habilla et sortit. Il préférait aller marcher seul pour réfléchir. La veille, ils avaient prononcé des paroles pleines de bravoure, mais ils n'avaient aucun plan qui leur garantisse de découvrir la moindre preuve. Ils se montraient d'une parfaite loyauté, la question n'était pas là. Et courageux. Benjamin avait la logique et la fine intelligence qui convenaient pour rassembler et analyser les informations qu'ils seraient en mesure de recueillir, de même que la force d'esprit nécessaire pour les présenter. Ephraim avait celle de faire face aux désagréments, difficultés ou obstacles que les gens du village seraient à même de leur opposer, tout comme celle de se mesurer en personne à Ashton Gower. Rien ne le ferait reculer devant ce qu'il estimait être juste, quel qu'en soit le prix à payer.

Quant à Naomi, elle avait du charme et de l'esprit, assez d'imagination pour comprendre les autres, une chaleur qui les désarmait suffisamment pour glaner toutes sortes de renseignements qu'une approche frontale et plus directe aurait échoué à obtenir. Henry se surprenait à l'apprécier un peu plus chaque fois qu'il lui parlait. Il voyait sans mal pourquoi Ephraim était tombé amoureux d'elle, et l'était resté au fil des ans après qu'elle était partie. À la vérité, il avait plus de difficulté à saisir pourquoi Benjamin n'était pas tombé amoureux d'elle lui aussi.

Pourquoi la jeune femme avait-elle choisi le garçon plus paisible et plus timoré qu'était Nathaniel ? Henry sentait que c'était une chose qu'il ne comprendrait jamais. Mais, de toute façon, quel homme comprend réellement les choix que font les femmes ?

Il s'éloigna vers l'ouest d'un pas rapide en suivant le chemin que Judah avait emprunté le soir de sa mort. Apparemment, c'était le chemin le plus simple pour aller du manoir au site du trésor viking, qu'il n'avait encore jamais vu. L'air était vif et agréable. Il vit des oiseaux tournoyer dans le ciel et, un peu plus haut, sur les pentes des collines, les silhouettes sombres des cerfs descendus brouter. Un lièvre en manteau d'hiver bondit dans la neige à moins de vingt mètres devant lui. Il songea que ce pays était infiniment plus beau que les rues suintantes noircies de fumée de Londres ou de toute autre ville.

Henry traversa le gué sur l'étroit passage en pierres, marchant en équilibre en faisant très attention, bien qu'il n'y eût pas de glace dessus, ce qu'il constata avec soulagement.

Une fois de l'autre côté, au lieu de se diriger vers l'église, il bifurqua vers l'amont pour suivre le sentier qui longeait la rive quelque temps avant de s'en éloigner en montant en pente raide. Un petit écriteau en bois lui indiqua qu'il était bientôt arrivé.

Dès qu'il eut franchi la crête, il aperçut les ruines qui se dressaient en couleur sombre sur la neige. Derrière, un homme solitaire scrutait les reflets gris, bleus et argent sur l'eau que ridait la brise. Henry sut qui il était avant même que l'homme se soit retourné, alerté par le bruit de ses pas sur la neige : Ashton Gower, tête nue, ses cheveux noirs et ses yeux fiers donnant l'impression qu'il appartenait au paysage, voire à l'époque à laquelle ce temple avait été construit. Henry eut la curieuse sensation d'être un intrus, comme s'il s'évertuait à modifier l'histoire pour permettre à ses proches de réclamer l'héritage de quelqu'un d'autre. Agacé, il repoussa cette idée. Sans doute était-ce un tour que lui jouaient la lumière et son imagination…

— Bonjour, Mr. Gower, dit-il poliment.

Il envisagea de dire un mot plaisant sur la vue, ou sur l'éventualité de nouvelles chutes de neige venant d'au-delà du Helvellyn, mais il se ravisa. Agir ainsi aurait donné l'impression qu'il était nerveux. Chose qu'il ne voulait pas, et dont ils avaient conscience tous les deux.

Gower écarta le bras d'un geste ample.

— Ça vous plaît ? demanda-t-il. Je vous aurais volontiers souhaité la bienvenue sur mes terres, sauf que la loi me les a confisquées. Vous pouvez venir ici quand bon vous semble, puisque les Dreghorn vous le permettent. Moi, je n'ai le droit d'aller que jusqu'à l'endroit autorisé au public. Mais je refuse de payer !

— Quelqu'un vous l'a-t-il demandé ?

Henry, qui se tenait près de lui, contemplait l'eau, les montagnes et le ciel – le paysage sauvage battu par les vents, les motifs sans cesse changeants que dessinaient l'ombre et la lumière.

— Pas encore, répondit Gower. Même Dreghorn n'a pas eu ce culot. Il savait qu'il avait tort. Il n'arrivait pas à me regarder dans les yeux. Il avait plus d'élégance que ses frères, fit-il en grimaçant. Ou plus de culpabilité !

— J'ai connu Judah Dreghorn pendant vingt ans, rétorqua Henry d'un ton égal, ne maîtrisant qu'avec peine son humeur. En dehors de ce que je connais, personne ne trouve quoi que ce soit de mal à dire sur lui. J'ai entendu par ailleurs ce qu'on dit de vous, Mr. Gower, et c'est nettement moins flatteur. Je suppose que vous prétendez que l'expert en contrefaçon a menti lui aussi ? Pour quelle raison ? Vous déteste-t-on ici au point que des hommes iraient se parjurer dans le but de vous voir puni pour une chose dont vous êtes innocent ? Pourquoi ? Qu'avez-vous donc fait pour mériter cela ?

Gower frissonna et rentra les épaules comme si le vent s'était mis soudain à souffler de la glace.

— Les actes que j'ai sortis du coffre-fort de mon père étaient authentiques, déclara-t-il en regardant Henry droit en face. Je suis dans l'incapacité de le prouver, et pourtant ils l'étaient. Ces terres lui appartenaient. Wilbur Colgrave s'était peut-être épris de ma mère, mais aucun Colgrave n'a jamais cédé sa terre à quiconque. S'il ne l'a pas réclamée, c'est parce qu'il n'avait aucun droit dessus. Toute cette histoire de liaison n'était qu'une calomnie. Mais qui peut le prouver, aujourd'hui ?

Sa voix trahissait une souffrance profonde et pleine de fureur, mais si réelle qu'Henry la sentit déchirer tout son être. Peut-être autant à cause de la réputation de sa mère que de la sienne. Henry aurait trouvé insupportable qu'on colporte de tels ragots sur sa mère.

Jusqu'où justifier la souffrance ? Colgrave avait-il été obligé de révéler ce détail d'ordre privé ? N'aurait-il pas pu le garder pour lui ? Un accord tacite voulait qu'on ne dise jamais de mal des morts qui n'étaient plus là pour se défendre !

Or c'était exactement ce que Gower faisait avec Judah. Henry le formula à haute voix.

Gower le dévisagea, le trouble et la frustration visibles sur ses traits.

— Comment pourrais-je me défendre autrement ? fit-il d'une voix étouffée. Cette terre est à moi ! Ils m'ont tout pris – ma maison, mon héritage, la réputation de ma mère et la mienne ! Et ils me l'ont fait payer en me volant onze années de ma vie, pendant qu'eux empochaient le butin. À présent, je suis un homme marqué, sans même un toit au-dessus de la tête, à moins de travailler pour le payer à la semaine. Et je devrais l'accepter ? C'est l'idée que vous vous faites de la justice, la méthode Dreghorn ?

— Et les actes falsifiés ? riposta Henry. L'expert aurait donc menti ? Pour quelle raison ? Judah Dreghorn est-il censé l'avoir payé lui aussi ?

— Je n'en sais rien. Ce que je sais, c'est que le document que j'ai donné était authentique, et qu'il stipulait que la terre appartenait à mon père. Les dates étaient correctes.

Le visage de Gower n'exprimait pas le moindre doute, pas le moindre tremblement, rien qu'une certitude aveugle et acharnée.

Il n'y avait rien à répondre. Tournant les talons, Henry repartit vers le manoir. Il fila tout droit à l'écurie, demanda un cheval et prit la route de Penrith. Il avait besoin de savoir avec exactitude où les actes avaient été conservés entre le moment où Geoffrey Gower était mort et celui où l'expert de Kendal les avait examinés, puis déclarés faux. Un doute, informe et incertain, s'était insinué dans son esprit, contaminant chacune de ses pensées. Non qu'il remît en cause l'honnêteté de Judah, mais celui-ci n'aurait-il pas pu se tromper, se laisser duper ? Aussi dérangeante que soit l'idée, Henry ne pouvait pas laisser ces questions sans réponse.

La ville était en pleine effervescence en raison de l'activité commerciale habituelle et du marché. Les rues grouillaient de villageois qui allaient et venaient. Des ballots de laine s'empilaient sur les charrettes. Les artisanats traditionnels de la région des Lacs étaient représentés : sabots, ardoises, fuseaux, ferronnerie, poterie, crayons, ainsi que toutes sortes de denrées alimentaires : de l'avoine, du mouton, du poisson frais – notamment du saumon –, des pommes de terre, des pommes Forty Shilling et Keswick Codling, et des épices venues de la côte.

Se frayant un chemin à travers la foule, Henry finit par se retrouver devant les bureaux de Judah. Déterminer dans quelles conditions était arrivé l'acte de propriété et ce qu'il était devenu avant d'être présenté au spécialiste de Kendal s'annonçait une tâche longue et fastidieuse.

— Ah, oui ! fit le jeune clerc d'un air entendu. C'est bien triste. Jamais je n'ai soupçonné Mr. Dreghorn d'une chose pareille, je dois dire. Cela va se savoir.

Henry se figea, bouillant de colère.

— Qu'est-ce qui va se savoir, Mr. Johnson ? Que la mémoire est courte et la loyauté fragile ?

À la seconde où il prononça ces mots, il regretta de ne pas avoir mieux tenu sa langue. Il ne faisait que se compliquer la tâche.

Le jeune clerc vira à l'écarlate.

— Mais… je ne le crois pas ! s'offusqua Johnson. Et vous me faites du tort de le penser, monsieur, c'est un fait.

Henry changea d'attitude, et peut-être pas seulement par souci d'honnêteté. Il avait cru que l'homme parlait en son nom. Son visage n'avait exprimé aucune indignation.

— Je faisais allusion à ceux qui croient une telle chose, qui qu'ils soient, rectifia Henry. J'imagine bien que, ayant connu Mr. Dreghorn, vous seriez le dernier à approuver de tels propos et le premier à prendre sa défense.

— Cela va de soi, se rengorgea Johnson en reniflant.

Henry profita de son avantage.

— Aussi suis-je certain que vous serez aussi désireux que moi d'éclaircir cette affaire. J'ai besoin de retracer le parcours de ces documents que l'on a déclarés faux. Quand sont-ils arrivés ici ? Qui les a apportés et de quel endroit ? Où les a-t-on conservés ? Qui y a eu accès et qui les a transportés à Kendal pour les soumettre à… comment s'appelle-t-il ?

— Mr. Percival, monsieur.

— Oui. Bien. Si quelqu'un les a trafiqués, ce n'était pas Mr. Dreghorn.

Il avait énoncé ces derniers mots comme une affirmation qu'il n'était pas question de discuter.

— Cela va de soi ! renchérit Johnson d'un ton agressif.

Néanmoins, la tâche s'avéra plus lente qu'Henry ne l'avait escompté, d'autant que Johnson cherchait avant tout à protéger sa propre réputation. Il avait désormais un nouveau maître dont il était décidé à se faire bien voir. Judah, qui n'était plus là, ne pouvait plus lui être d'aucune aide.

Par deux fois Henry le surprit en flagrant délit de mensonge, avant d'être certain de connaître l'histoire des actes de propriété. L'affaire avait pris plus d'une semaine, pendant laquelle personne n'avait examiné les documents. Il était indéniable que Judah aurait pu les modifier à ce moment-là, ou les remplacer par des faux. Comme auraient pu le faire nombre de personnes qui avaient accès au bureau, ou au messager chargé de les emporter à Kendal. Et, bien entendu, restait la période de temps pendant laquelle ils avaient été confiés à Mr. Percival, soit deux autres semaines ou plus. Tout semblait improbable, mais rien n'était impossible.

Henry remercia Johnson, qui avait l'air à présent beaucoup plus anxieux, puis retourna à l'écurie où il avait laissé son cheval et refit le long trajet jusqu'au domaine.

Tout le long du chemin, il retourna le problème dans sa tête. Qui avait eu le temps, l'occasion et l'habileté de fabriquer un faux ? Apparemment, le papier n'avait pas été conforme, pas plus que l'encre, ce qui était assez facile à repérer. Les anciens cachets avaient été prélevés sur les actes originaux, puis recollés sur les nouveaux. Le temps semblait être l'élément majeur. Les actes étaient cependant restés dans le bureau de Judah pendant une semaine, avant d'être transportés à Kendal dans le bureau de Percival qui les avait gardés deux semaines supplémentaires. À toute personne habituée à manipuler des actes, une journée aurait suffi pour les emporter en vue d'établir un faux, détruire les originaux et remettre les documents falsifiés à la place.

Il serait sans doute plus difficile de prouver qui l'avait fait. Malheureusement, Judah était la personne qui avait bénéficié de la meilleure opportunité – en dehors de Mr. Percival, bien sûr. Mais il n'y avait aucune raison de supposer que l'expert ait eu un quelconque intérêt dans cette affaire.

Henry continua à réfléchir tout en chevauchant. La beauté désolée du paysage hivernal lui paraissait particulièrement réconfortante. Les lignes nettes, érodées par le vent, évoquaient une sorte de courage, comme si elles avaient enduré tout ce dont la violence de la nature pouvait les accabler jusqu'à en perdre toute prétention. L'air froid lui fouettait le visage, mais son cheval était volontaire et d'heureux caractère, de sorte qu'ils cheminèrent de bonne compagnie. Arrivé dans la cour de l'écurie, Henry flatta affectueusement l'animal avant de descendre de sa monture, puis rentra à la maison.

La soirée se révéla nettement plus délicate. Personne n'avait rien appris d'utile. Dans le village, les langues allaient bon train, et chacun des membres de la famille Dreghorn avait eu vent de remarques que l'on pouvait qualifier au mieux comme relevant de l'incrédulité – à commencer par la question de savoir si Judah avait été aussi honnête qu'il en avait l'air.

On évoquait d'autres cas dans lesquels des gens avaient clamé leur innocence, alors même qu'un jury les avait reconnus coupables. Aucune accusation directe n'était formulée, ni rien de spécifiquement nié ou démontré, mais on percevait quelque chose de désagréable dans l'air.

Henry annonça qu'il était allé à Penrith. Il ne voulait pas en faire un secret ni donner le sentiment d'avoir agi en cachette, d'autant que le palefrenier savait qu'il avait emprunté un cheval. Il ne révéla cependant à personne le motif de son déplacement, pas plus qu'il ne précisa où il était allé exactement.

Au dîner, tout le monde se retrouva autour de la table et d'un nouveau repas délicieux. En guise de pudding, Mrs. Hardcastle avait concocté une des spécialités locales – un Rum Nicky –, à base de rhum, de sucre roux, de fruits secs et de pommes du Cumberland.

Antonia parla pour la bonne raison qu'elle était chez elle et qu'ils étaient ses invités. Ne voulant pas les laisser dans un silence inconfortable, elle se contenta de banalités et de bribes de nouvelles : les épreuves de chiens de bergers l'été précédent, les régates sur le lac, qui avait escaladé quelle montagne, le temps prévu les jours suivants…

Henry nota qu'Ephraim observait Naomi et évitait son regard la seconde suivante. Quels que soient les sentiments qu'il éprouvait à son égard, elle ne souhaitait pas en avoir connaissance, et pourtant, Henry était convaincu qu'elle savait.

Et durant tout ce temps, dans un coin de son esprit, il redoutait de leur soumettre l'éventualité que, d'une manière ou d'une autre, en raison d'une confiance mal placée, d'une inattention ou d'une sorte d'insouciance, Judah ait commis une erreur, et que Gower ne fût pas coupable d'avoir falsifié les actes, ce qui signifierait par conséquent qu'une autre personne l'avait fait.

Qui d'autre en avait tiré profit ? Peter Colgrave, c'était une évidence. Quelqu'un avait-il pensé pouvoir acheter le domaine à bas prix ? Ou entendu parler du trésor viking, des pièces d'or et d'argent, des bijoux et des objets, sans parler de sa valeur historique ? Éventuellement, ce serait une piste à creuser.

Mais sur l'instant, assis à la table, en voyant la tension, la colère et le chagrin sur leurs visages, Henry n'osa pas aborder le sujet. Combien de temps pouvait-il encore attendre ?

Après le repas, Antonia monta souhaiter bonne nuit à Joshua. Comme chaque soir, Henry savait qu'elle resterait absente un bon moment, sans doute une heure ou plus. Joshua avait neuf ans, c'était encore un enfant, meurtri et perturbé, qui s'efforçait de gagner le respect de ses oncles et de se comporter en homme comme il pensait qu'ils l'attendaient de lui.

En même temps, Joshua était assez intelligent pour savoir qu'ils le protégeaient d'autre chose. Henry avait remarqué son expression chaque fois qu'ils changeaient de sujet parce qu'il entrait dans une pièce où ils étaient en train de parler de Gower ou du village. Ne connaissant pas les enfants, ils ne se rendaient pas compte de ce que le petit garçon entendait, ni de sa rapidité à repérer les faux-fuyants ou une remarque involontairement condescendante. Joshua devinait la peur, même s'il n'était pas en mesure de lui donner un nom.

Henry se souvenait d'avoir toujours été étonné devant la compréhension qu'Oliver avait eue de choses qu'il aurait crues le dépasser. Il observait, il copiait et il comprenait. Joshua Dreghorn était tout aussi vif et curieux. Antonia, qui le savait, partageait du temps, et sans doute ses émotions, avec lui.

Quand Henry proposa à Naomi de l'accompagner faire un tour au jardin sous le ciel étoilé, elle accepta volontiers. Il lui tendit sa cape, puis enfila son manteau et l'entraîna vers la porte de service.

— Que se passe-t-il ? demanda la jeune femme dès qu'ils se furent éloignés de plusieurs mètres de la maison. Vous avez appris quelque chose ?

Il n'avait pas le temps d'aborder les choses autrement que de manière directe.

— Je suis allé voir un employé du bureau de Judah, à Penrith. Je lui ai demandé où avaient été conservés les actes de propriété après avoir été retirés du coffre de Geoffrey Gower.

Bien que le bruit de leurs pas sur l'herbe durcie par le givre couvrît probablement leurs voix, il parlait bas, au cas où des oreilles les auraient écoutés derrière une fenêtre ouverte.

— Quelqu'un aurait eu le temps et l'opportunité de les modifier… et de les remplacer par d'autres.

— Vous voulez dire de mettre un faux à la place du document authentique ?

Naomi vit tout de suite ce qu'il voulait dire, et la peur se devina dans sa voix. Comme elle avait relevé la capuche de sa cape, Henry ne distinguait que très partiellement son visage.

— Oui.

— Vous croyez Gower ?

La question était directe et pleine d'incrédulité, mais elle n'en était pas moins posée.

Henry ne parvint pas à répondre immédiatement – pas avec une totale franchise.

— Mr. Rathbone ? insista Naomi, qui l'agrippa par le bras en le forçant à s'arrêter.

— Je ne crois pas que Judah aurait fait une telle chose, pour quelque motif que ce soit, déclara-t-il sans hésiter.

De cela, il était convaincu.

— En revanche, il se pourrait qu'il ait fait confiance à des gens auxquels il n'aurait pas dû.

— En avez-vous parlé à quelqu'un ? demanda Naomi à voix basse.

— Non.

Henry sourit dans l'obscurité, mais c'était pour se moquer de lui-même, non par malin plaisir.

— J'ai passé tout le retour depuis Penrith, ainsi qu'une bonne partie de la soirée, à m'efforcer de n'en rien faire. C'est cependant une possibilité que nous devons envisager.

— Vous êtes certain qu'il y a bien eu une occasion ?

— Oui.

— Qui ? Si ce n'est pas Gower, pourquoi quelqu'un d'autre aurait-il agi ainsi ? Il était le seul à pouvoir profiter d'une manœuvre aussi stupide !

Ils se remirent en marche, s'éloignant encore un peu plus du manoir, et de quiconque aurait pu les surveiller.

— Il a changé la date pour que le domaine soit à lui ! lui rappela Naomi sans lui lâcher le bras. L'autre date aurait eu pour effet d'attribuer la propriété à Peter Colgrave, comme cela s'est finalement produit. Et ensuite, c'est nous qui l'avons achetée. Personne d'autre n'avait quoi que ce soit à gagner à modifier cette date.

— Aucune des réponses dont nous disposons ne correspond aux faits, résuma Henry. Ashton Gower jure que les actes n'étaient pas des faux, et l'expert dit le contraire. La fausse date aurait favorisé Gower.

— Oui. N'est-ce pas la preuve ?

L'idée qu'Henry avait repoussée toute la journée se cristallisa dans son esprit.

— Et si le faux n'avait rien changé du tout ?

— Mais ça n'a pas de... Oh, non ! s'exclama Naomi. Vous voulez dire que le faux serait une copie exacte de l'original, y compris la date ? Et que Gower aurait dit la vérité en affirmant que les documents étaient authentiques ? Mais qu'ils ont été remplacés par un faux manifeste, portant la même date exactement, afin que Gower ne soit pas cru... et perde sa terre ?

— Oui.

— C'est épouvantable ! Mais qui ? Colgrave ?

— Peut-être. Ou toute personne qui pensait pouvoir acheter le domaine à bas prix.

— Judah l'a acheté à Colgrave au prix qu'il demandait. Il était pressé de toucher l'argent. Je crois qu'il avait des dettes. Peut-être que quelqu'un d'autre espérait l'acheter, et n'en a pas eu l'occasion. Il pourrait s'agir de n'importe qui !

— Par exemple quelqu'un qui avait déjà découvert le trésor viking et savait ce qu'il valait, fit remarquer Henry. Colgrave n'était pas au courant, sans quoi il aurait exigé une somme beaucoup plus élevée.

— Et Gower croit que c'était Judah, murmura Naomi, la voix grave et tendue. Peut-être n'a-t-il vraiment rien fait... et que, sans le savoir, Judah a envoyé un innocent en prison !

— Oui, c'est une possibilité, dit Henry, qui répugnait à l'admettre. Bien entendu, il se peut aussi qu'il soit coupable d'avoir tué Judah. Quelqu'un l'a fait. Personne d'autre de notre connaissance n'avait de raison, excepté le véritable faussaire.

— Et si Gower avait eu des ennemis ? suggéra Naomi. C'est un homme fort déplaisant. Il aurait pu être la véritable victime visée, et Judah le moyen utilisé par d'autres dans ce but…

— Oui, c'est vrai. Et je ne vois pas où commencer à chercher…

Naomi baissa la tête.

— C'est terrible ! dit-elle dans un murmure. Il faut qu'on sache ! Non ?

— Je pense que si. Supporteriez-vous de ne pas connaître la réponse ?

— Je ne sais pas. Pour moi, ce n'est pas important. Quand ce sera fini, une fois que nous aurons fait taire Gower, je repartirai en Amérique. J'adore l'excitation, la découverte et la beauté stupéfiante de ce pays. L'inconnu possède une dimension magique incomparable.

Sa voix vibrait d'enthousiasme. Henry repensa à Ephraim quand il lui avait parlé de l'Afrique et de sa beauté sauvage extraordinaire. Une fois de plus, il se demanda pourquoi Naomi avait choisi le timide Nathaniel au tempérament plus paisible.

— Cela vous manque ?

— J'ai été trop occupée jusqu'à présent, répondit Naomi avec franchise.

— Nous allons devoir parler à la famille de la possibilité que les actes aient été modifiés, dit Henry lorsqu'ils arrivèrent au bout de la pelouse.

Ils apercevaient les lumières qui scintillaient sur le lac, dont on ne percevait que le mouvement, pareil à de la soie noire dans le vent.

— Je sais. Antonia va se sentir affreusement blessée, comme si nous l'avions soudain abandonnée, soupira Naomi. Benjamin sera troublé, mais je ne crois pas qu'il sera excessivement choqué. Il est trop intelligent pour que l'idée ne l'ait pas déjà effleuré, quitte à l'avoir repoussée.

— Et Ephraim ? demanda Henry, sachant que répondre à sa question lui serait difficile.

Naomi hésita une seconde.

— Il sera furieux. Il pensera que nous avons trahi Judah. Il n'a pas le pardon facile.

Henry la regarda, du moins le peu de son visage qu'il distinguait à la lueur des étoiles, mais il ne perçut rien de plus que l'émotion contenue dans sa voix. Pensait-elle qu'Ephraim ne pardonnait pas en général, ou faisait-elle allusion à un événement précis ? Nathaniel avait-il vraiment été le premier qu'elle avait choisi… ou bien le second ? Se refusait-elle aujourd'hui à prendre une décision, même s'il en allait de son bonheur, de peur d'avoir l'impression de le trahir ? C'était le mot qu'elle-même avait employé en parlant des émotions d'Ephraim.

Bien que ce fût indiscret, Henry lui posa la question.

— Vous parlez de lui comme si vous le connaissiez bien, et je ne peux m'empêcher de voir les sentiments qu'il a pour vous.

La jeune femme lui sourit.

— Vous voudriez savoir pourquoi j'ai épousé Nathaniel alors qu'Ephraim me l'avait demandé lui aussi ?

— Oui, avoua Henry.

— Parce que l'amour est autre chose que la passion et le plaisir, Mr. Rathbone. Si vous confiez votre vie et votre amour à un homme, vous avez besoin d'admirer son courage, et Ephraim en a énormément. Mais si vous voulez vivre avec lui tous les jours, pas seulement les bons moments mais aussi les mauvais, les jours difficiles où vous vous trompez et faites des erreurs, où vous vous sentez blessée et effrayée, il vous faut être sûre de sa gentillesse. Vous avez besoin d'un homme qui vous pardonnera lorsque vous vous tromperez, car vous vous tromperez de temps en temps.

Henry demeura silencieux. Ils se tenaient côte à côte, le regard tourné vers le lac. La nuit était froide, très claire, et de minuscules étoiles scintillaient dans l'immensité de l'espace.

— Ephraim ne s'est pas trompé assez souvent pour le comprendre, ajouta Naomi à mi-voix.

— Cela ne vous arrive pas très souvent non plus, il me semble. Pourtant, vous ne manquez pas de gentillesse.

Cette fois, il la vit sourire.

— Cela m'est arrivé. Je ressemble à ma mère. Elle s'est mal conduite. Je n'ai jamais su pourquoi, mais j'imagine parfois combien elle a dû se sentir seule, ou ce qui l'a poussée à se comporter comme elle l'a fait. Mon père ne lui a jamais pardonné, et même si elle avait voulu lui rendre son cœur, jamais il n'aurait accepté.

Henry imagina une autre femme comme Naomi, qui peut-être s'ennuyait, sans rien avoir sur quoi exercer son intelligence, sans aucune aventure venant la sortir de la routine domestique, et sans doute plus aimée pour sa beauté que pour elle-même. Le malheur de cette femme avait-il marqué sa fille au point qu'elle ait préféré la gentillesse d'un homme indulgent à la passion d'un homme dont elle craignait qu'il ne répète l'histoire de sa mère ?

— Je vois, dit-il tout bas. Bien sûr. Nous avons tous besoin qu'on nous pardonne, à un moment ou un autre. Tout comme nous avons besoin de parler, de partager nos rêves et ceux de la personne que nous aimons.

Naomi se hissa sur la pointe des pieds et l'embrassa sur la joue.

— J'ai toujours eu de l'affection pour Nathaniel, et j'ai appris à l'aimer. Ephraim, je l'ai aimé dès le premier jour, mais je ne le crois pas capable de me pardonner mes erreurs, de les oublier, et de garder mon cœur avec tendresse.

Pendant quelques instants, tous deux restèrent silencieux. Lorsque Henry reprit la parole, ce fut pour parler du problème qui les occupait, de ce fardeau qui pesait plus lourd de minute en minute.

— Je compte aller demain à Kendal pour rencontrer cet expert qui a témoigné au sujet des documents falsifiés. Ensuite, ajouta-t-il en se tournant vers Naomi, il faudra que j'explique ce que j'aurai trouvé à Benjamin et à Ephraim, mais aussi à Antonia.

— Vous pensez qu'Ashton Gower a été emprisonné injustement ?

— Ça me paraît probable, et si c'est vrai, nous devrons en prendre acte et tenter de réparer l'injustice autant que faire se peut.

— Il n'empêche que quelqu'un a tué Judah ! s'emporta Naomi. Son corps n'a pas remonté tout seul le courant ! Si Gower était réellement innocent, n'avait-il pas une excellente raison de vouloir se venger ? Peut-être qu'il n'a pas voulu le tuer… qu'ils se sont battus, et que Judah a glissé et est tombé… et que, pour une raison qu'on ignore, Gower a tiré son corps jusqu'au gué en amont. Mais pourquoi aurait-il fait cela ?

— Peut-être que, au moment où Judah est mort, il y avait des traces dans la neige indiquant qu'une autre personne s'était trouvée là, ou des traces de lutte, raisonna Henry. Gower ne pouvait pas se permettre qu'on ouvre une enquête, car il aurait été facile de prouver qu'il était lui aussi sur place à cette heure-là. Et, compte tenu de leur passé, qui l'aurait cru s'il avait parlé d'accident ?

— Je pense que c'est un homme détestable, dit Naomi, en repartant à pas lents vers la maison. Mais je suis désolée pour lui. S'il s'agit bien d'un accident, et que nous pouvons l'aider à le prouver, nous nous devons de le faire, vous ne croyez pas ?

— Si.

Sur ce point, Henry n'avait aucun doute.

— La famille n'appréciera pas, ajouta Naomi, avec autant de certitude que de crainte dans la voix.

Elle voulait en faire partie. Elle les avait aimés dès leur première rencontre. Ils étaient sa seule famille. Comme Antonia, à part eux, elle n'avait plus personne.

— Nous ne savons encore rien, lui rappela Henry. Du moins, rien de certain. Dès demain, j'irai à Kendal.

Sur ces mots, ils remontèrent la pelouse et regagnèrent la chaleur du manoir.

Le lendemain matin, Henry partit à Penrith, d'où il prit le train jusqu'à Kendal, qui était l'arrêt suivant sur la ligne du sud en direction de Lancaster. Arrivé en ville à dix heures et demie, il se rendit au bureau de l'expert en faux, Mr. Percival. Âgé d'une trentaine d'années, il était plus jeune qu'Henry ne s'y attendait. Rasé de près, la tête large et les cheveux brun-roux, l'expert prit un air aimable en faisant entrer Henry dans son bureau.

Sa bonne humeur disparut assez vite quand Henry lui exposa la raison de sa visite.

— Oui, j'ai entendu dire que Gower proférait des accusations, fit-il d'un ton sec. Quelle honte ! L'homme est très désagréable et tout à fait irresponsable. Quel drame que Dreghorn soit mort dans un accident aussi terrible ! Néanmoins, Mr. Rathbone, je ne vois pas en quoi je peux vous être utile.

Il se carra dans son fauteuil avec un léger sourire.

— Ce qu'il vous faut, c'est un avocat. Ce genre de propos diffamatoires doit être sanctionné par la justice. Je suis certain que Mr. Dreghorn a déjà quelqu'un qui représente les intérêts de sa famille, mais si vous souhaitez prendre un autre avis, je pourrai vous recommander un avocat sans problème.

— Merci, mais ce ne sera pas nécessaire.

Henry se rappela que Percival avait beau être expert en faux documents et être habilité à témoigner devant un tribunal, il n'était nullement un homme de loi. Rien de ce qu'il lui dirait ne devrait nécessairement rester confidentiel.

— Je serai intéressé d'en savoir plus long sur ce qui s'est passé précisément. À mon avis, c'est une bien meilleure défense qu'un recours légal, et en tout cas plus rapide et plus honnête que les procès en diffamation, qui peuvent traîner et se révéler fort déplaisants.

Percival prit un air désolé.

— La vérité, Mr. Rathbone, c'est que les actes de propriété que possédait Geoffrey Gowers et présentés par son fils, Ashton Gower, étaient des faux, et pas très bien fabriqués. Ce fait a été établi par la loi, et Ashton Gower a été condamné à une peine de prison pour le rôle qu'il a joué dans cette affaire.

— Comment savons-nous que c'est Ashton Gower qui les a falsifiés et non son père ? demanda Henry d'un air innocent.

Percival eut un sourire patient.

— Pour la bonne raison que chaque fois que les actes ont été présentés au cours de transactions antérieures, ils n'ont jamais été remis en cause. Et pour tout vous dire, Mr. Rathbone, ces faux étaient d'une extrême médiocrité. Jamais quelqu'un qui est habitué à manipuler des documents légaux ne s'y serait laissé prendre !

— Et pourtant, vous n'avez pas signalé immédiatement qu'il s'agissait de faux. Au premier coup d'œil, vous n'avez rien remarqué.

Percival rougit, mal à l'aise.

— Je ne les ai examinés qu'en partie, Mr. Rathbone, je le reconnais. Mais la première lecture intégrale nous a révélé qu'ils étaient contrefaits. Il n'y a aucun doute là-dessus. À dire vrai, je ne suis pas certain de ce que vous cherchez à prouver. Gower est un faussaire. Judah Dreghorn n'avait pas d'autre choix que de le condamner à la prison. Tout le reste n'est que de l'invention, de la part d'un homme faible et vicieux qui cherche à s'excuser.

— Vous semblez avoir une profonde animosité personnelle envers Gower, Mr. Percival.

Le visage de l'expert se crispa.

— En effet. Et je suis loin d'être le seul, Mr. Rathbone… Nous sommes là devant un homme extrêmement désobligeant, qui n'a ni l'élégance ni l'honnêteté de se repentir de son crime, ni même le courage de prendre un nouveau départ en essayant de mener une vie décente. Au lieu d'adopter cette attitude, qui l'aurait aidé à se faire pardonner, il a tenté de salir le nom d'un juge intègre qui n'a fait qu'accomplir son devoir. Si vous aviez connu Judah Dreghorn, vous comprendriez ma colère.

— Je l'ai connu, répliqua Henry, qui ne garda son calme qu'au prix d'un gros effort. Il a été mon ami pendant plus de vingt ans. Mrs. Dreghorn est ma filleule. Mais cela ne répond pas à la question de savoir qui a réalisé les faux documents, et quand.

— Pour l'amour du ciel ! s'enflamma Percival. Ashton Gower les a fabriqués à un moment quelconque, entre le jour où l'original a été retiré du coffre-fort de son père et celui où il a présenté ce faux document en vue de justifier sa revendication sur le domaine !

— Vous êtes expert de faux en écriture, n'est-ce pas ?

— En effet !

— On vous les a donc apportés pour cette raison, mais pas avant que la supercherie ait été suspectée ?

— Évidemment.

— Qui les avait vus, avant cela ?

— William Overton, un notaire.

— A-t-il témoigné au procès ?

— Non.

— Pour quelle raison ?

— Il n'a pas été convoqué. Pourquoi l'aurait-il été ? À part Ashton Gower, personne ne soutenait que les actes étaient authentiques, et de toute évidence, il mentait. Je vous l'ai dit, Mr. Rathbone, ce travail était plus que sommaire. Il suffisait de les examiner pour que ça saute aux yeux ! Et maintenant, si vous permettez, j'ai d'autres clients à voir, à qui je pourrai peut-être rendre service. Je crains de me trouver dans l'impossibilité de vous aider, et, pour être franc, je n'en ai guère envie. Vous semblez défendre un homme qui a calomnié un juge que nous admirions tous, et qui apparemment vous considérait comme un ami !

Henry demeura assis.

— Quand suppose-t-on que Gower a falsifié les actes, Mr. Percival ?

L'expert s'impatienta.

— Avant qu'il les ait apportés à son notaire, monsieur ! À quel autre moment ?

— Mr. Overton ?

— Précisément.

— Gower les a remis à Mr. Overton, qui vous les a ensuite transmis ?

Percival hésita et rougit un peu.

— Non, pas tout à fait… Colgrave voulait en prendre connaissance et a demandé à les voir. Le rendez-vous a eu lieu dans le bureau du juge Dreghorn, je crois.

— Pourquoi pas dans celui de Mr. Overton ? N'était-ce pas lui le notaire de Gower ?

— Mr. Colgrave a demandé à ce que cela se fasse devant un juge, et Mr. Overton n'a élevé nulle objection. Je ne comprends vraiment pas ce que vous cherchez à prouver, Mr. Rathbone ! s'agaça Percival.

— J'essaie de déterminer à quel moment les documents auraient pu être trafiqués pour que Mr. Gower ait avancé l'accusation que Judah Dreghorn, ou n'importe qui mais pas lui, aurait pu les falsifier.

— Dieu du ciel ! Vous ne le croyez quand même pas !

Percival avait l'air outré.

— Je cherche à prouver que Judah Dreghorn est innocent, rétorqua Henry. Or, s'il n'a jamais eu les actes en sa possession, il l'est !

— Ma foi… Sa réputation lui suffit. Les actes sont passés entre les mains de plusieurs personnes, ainsi que le requiert la loi. Vous feriez mieux de laisser tomber cette affaire, ce serait plus sage. Personne ne voudra croire Gower. L'homme est déjà un criminel reconnu.

— Certes, dit Henry en se levant. Où puis-je trouver ce Mr. Overton ?

— Son bureau est au bout de la rue. J'ignore à quel numéro.

— Merci. Bonne journée à vous, Mr. Percival.

L'expert ne répondit pas.

Henry partit dans la direction indiquée et arriva devant le bureau de William Overton après s'être renseigné auprès de plusieurs passants. Il ne dut attendre que vingt minutes avant d'être reçu.

— Entrez, Mr. Rathbone, le pria Overton avec courtoisie.

Il était plus âgé que Percival. Les rares cheveux qui lui restaient étaient gris, presque blancs, mais son visage mince n'était qu'à peine ridé, et il se déplaçait avec aisance.

— Mon clerc me dit que vous vous intéressez aux actes concernant le domaine Gower qui ont été falsifiés. La noyade de Judah Dreghorn est un drame épouvantable. Je suis profondément désolé. C'était un homme charmant et de la plus grande honnêteté. Que puis-je faire pour vous ?

Le notaire lui désigna un fauteuil, puis retourna s'asseoir derrière son bureau.

Une fois installé, Henry lui résuma la situation dans les termes les plus brefs possibles.

Overton fronça les sourcils.

— Je ne suis pas expert en contrefaçon, Mr. Rathbone. J'avoue que les actes m'ont paru authentiques… et j'en ai manipulé un certain nombre au cours de ma carrière !

— Quelle était la date sur le document original que vous avez reçu et qui provenait du coffre de Geoffrey Gower, par rapport à celle portée sur le document présenté au tribunal, un faux selon le témoignage de Mr. Percival ?

— C'était la même, Mr. Rathbone, répondit Overton. C'est pourquoi je ne comprends pas qu'on ait présenté ce document au tribunal comme étant un faux.

— Les dates étaient les mêmes ? s'étonna Henry. Vous en êtes certain ?

— Naturellement, j'en suis certain !

— Mais alors… à quoi servait de faire un faux ?

— Je n'en sais rien. En tout cas, ce n'était pas pour faire attribuer le domaine à Ashton Gower. Il lui appartenait de toute façon.

Overton se pencha au-dessus de son bureau. Son visage exprimait la tristesse et une profonde détresse.

— À mon avis, quelqu'un a échangé le document authentique contre un faux, mais qui stipulait exactement la même chose. Le seul but de la manœuvre aurait pu être de discréditer les vrais documents. Cette éventualité ne semble cependant pas avoir été envisagée au procès.

— Quand avez-vous pris conscience de ce fait, Mr. Overton ?

Henry était perplexe. Pourquoi cet homme qui semblait honnête n'avait-il pas dit un mot de ce qui apparaissait comme une monstrueuse erreur judiciaire ?

— Il y a seulement un peu plus de deux semaines, le jour où il est mort, Judah Dreghorn est venu me voir pour me poser les mêmes questions…

Henry eut l'impression d'avoir reçu un coup. Ashton Gower était innocent, et Judah l'avait su ! Dans ce cas, pourquoi Gower l'aurait-il tué ?

Et si ce n'était pas Gower, mais quelqu'un d'autre ?

Il percevait la voix d'Overton comme si elle venait de très loin… des mots confus qui n'avaient aucun sens.

— Je vous demande pardon ? fit-il, hébété. Je crains de ne pas vous avoir écouté.

— Vous n'avez pas l'air bien, Mr. Rathbone, répéta Overton. Puis-je vous servir un verre de brandy ? On dirait que vous êtes sous le coup d'un terrible choc.

Joignant le geste à la parole, le notaire se leva pour aller ouvrir un placard et versa une dose bien tassée d'excellent brandy dans un verre qu'il déposa sur le bord du bureau devant Henry.

— Merci…

Henry le prit et but à lentes gorgées. L'alcool le brûla, et il se sentit soulagé, mais sans parvenir à chasser l'idée qui le remplissait d'horreur.

— Judah est venu ici, et vous lui avez dit ce que vous venez de me dire ?

Il devait avoir l'air idiot, il le savait, mais il n'arrivait pas à accepter l'idée.

— Oui, confirma Overton. Et il avait l'air aussi horrifié que vous. Il a compris ce qui s'était passé… l'erreur qu'il avait commise, si vous préférez, bien qu'en toute innocence.

— A-t-il…

Henry déglutit.

— A-t-il dit ce qu'il comptait faire ?

Overton sourit, un petit sourire misérable, empli de compassion.

— Pas précisément. Il est reparti en début d'après-midi. Il a pris le train de deux heures et demie, je crois. Il m'a parlé de son intention de voir quelqu'un, mais sans préciser qui, ni ce qu'il comptait lui dire. Il a dû arriver à Penrith vers trois heures et demie, et être de retour chez lui à cinq heures, s'il avait un bon cheval. Il souhaitait aller à un récital dans le village où il vit. Cela avait un rapport avec son fils, qui, d'après ce que je sais, est particulièrement doué.

— Il l'est, en effet.

Henry continuait à réfléchir dans une sorte de brouillard. Il s'efforça d'imaginer ce que Judah avait en tête ce jour-là en rentrant chez lui. Ashton Gower était innocent, il le savait. Était-ce Gower qu'il avait l'intention d'aller voir ? Ou quelqu'un d'autre… Quelqu'un qui était coupable ?

Judah avait-il mis trop de temps à comprendre de qui il s'agissait avant d'aller au récital ? Pour rien au monde il n'aurait voulu le manquer et décevoir Joshua. Avait-il prévu de voir cette personne une fois rentré et de la retrouver au gué en aval ? Pourquoi là ? Parce que c'était près du village et néanmoins à l'écart ? Près de l'église ? Du site viking ? De la maison de Colgrave ? À mi-chemin entre le manoir et la maison d'une autre personne ?

Qui était-ce ? Et que s'était-il passé ? Si c'était Gower, la mort de Judah n'était-elle que le résultat tragique et stupide d'une explosion de rage après onze ans passés injustement en prison pour un crime qu'il n'avait pas commis ?

C'était possible.

Comme il était possible que ce ne soit pas Ashton Gower, mais quelqu'un d'autre. Peter Colgrave ? Ou quelqu'un qui avait espéré acheter le domaine et en avait été empêché ?

Une chose était certaine, Henry ne pouvait plus garder le secret. L'injustice, qui le dévorait tel un feu, exigeait réparation. S'il permettait qu'Ashton Gower endosse la honte du premier crime, et maintenant soit en proie à la peur d'être accusé du second, il serait plus coupable que Gower ne le serait jamais dans la mesure où il connaissait la vérité.

— Pourquoi n'avez-vous pas réagi quand vous avez appris la mort de Judah et compris qu'il ne pourrait plus réparer ses torts ? demanda-t-il à Overton.

— Cher Mr. Rathbone, je n'ai aucune preuve ! se justifia le notaire en écartant les bras d'impuissance. J'ai vu le document original, mais il est aujourd'hui détruit. Il ne reste plus que le faux. Que pourrais-je dire, et à qui ? Judah Dreghorn aurait pu intervenir, mais il est mort.

C'était logique. Henry aurait dû le comprendre. De nouveau, il eut l'impression que le sol venait à sa rencontre pour le frapper, l'atteignant jusqu'au plus profond de son être. L'affaire s'arrêtait à lui. Il n'y avait personne d'autre.

Lentement, et un peu tremblant, Henry se leva, remercia Overton, puis repartit à pied vers la gare. Dans le train, il passa toute la durée du trajet à retourner dans sa tête ce qu'il allait dire à la famille. Rien ne soulagerait leur peine d'aucune manière, et rien ne leur semblerait acceptable ni n'apaiserait leur colère.

Henry arriva au manoir juste à temps pour dîner. Ce repas s'avéra l'un des plus malheureux de sa vie. La nourriture était aussi abondante que succulente, comme pour leur donner un avant-goût de la dinde de Noël et des gibiers de saison, mais, pour le plaisir qu'il y prit, il aurait tout aussi bien pu manger du pain rassis.

— Nous n'aboutissons à rien, se désola Benjamin. Gower continue à calomnier Judah. J'en ai encore entendu de belles aujourd'hui… et je ne vois pas comment l'arrêter, sinon en recourant à la loi. Antonia ?

La jeune femme avait l'air triste et affolée. Henry savait qu'elle pensait à Joshua plus qu'à elle-même. Comme toutes les mères, sa volonté, ses émotions et son instinct la poussaient à protéger son enfant. La disparition de Judah devait la faire souffrir, mais sa première pensée était pour les vivants. Sans doute ne commencerait-elle véritablement son deuil que lorsqu'elle saurait son fils en sécurité.

— S'il le faut absolument, concéda-t-elle.

Henry perçut la réticence dans sa voix. Elle se tourna vers son parrain comme si elle voulait qu'il lui confirme que c'était bien la seule solution.

Il hésita. Il allait devoir lui dire la vérité, et pourtant il le redoutait, n'arrivait pas à trouver les mots qui convenaient.

Naomi regardait Henry elle aussi, mais ses yeux l'interrogeaient parce qu'elle savait qu'il était allé à Kendal. Il ne lui avait rien dit, n'avait pas eu l'occasion de lui parler en tête à tête, et cependant, il vit à son œil qu'elle avait compris. Aurait-elle le courage de risquer l'amour de la famille pour l'aider ?

Ephraim combla le silence.

— Uniquement s'il n'y a pas d'autre moyen, dit-il, morose. Nous ne partirons pas tant que nous n'aurons pas lavé le nom de Judah de cette accusation grotesque et prouvé à tout le monde que Gower l'a tué. Après quoi il sera pendu, et plus personne ne répétera jamais ses propos !

Il s'adressa à Antonia avec une soudaine douceur.

— Judah était notre frère… nous lui rendrons justice. Mais vous faites partie de la famille vous aussi, et Joshua est le seul Dreghorn de la prochaine génération. Jamais nous ne vous laisserons sans protection.

C'était sa manière à lui de lui faire comprendre qu'il les aimait. Prononcer des mots aussi simples, et si remplis d'émotion, n'était pas dans sa nature.

— Merci, dit Antonia avec chaleur. Je sais combien vous êtes impatients de retourner à vos travaux et dans les lieux merveilleux où vous voyagez.

Benjamin sourit.

— Lorsque je repartirai en Palestine, nous irons travailler dans les rues de Jérusalem. Nous retraçons le parcours qu'a effectué le Christ le dimanche des Rameaux, le jour de son entrée triomphale dans la ville.

Son visage rayonnait d'une lumière sans comparaison avec celle du lustre qui éclairait la table. Dans sa tête, il entrevoyait une gloire lointaine d'un genre différent et plus profond qui lui fit oublier un instant sa colère. La flamme de son émotion cautérisait des chagrins plus terre à terre.

— Et ensuite, nous allons retrouver et confirmer l'emplacement du jardin où Marie Madeleine a parlé au Christ ressuscité le dimanche de Pâques. Vous imaginez ? Nous nous tiendrons à l'endroit où elle-même se trouvait quand Il lui a dit « Marie » et qu'elle L'a reconnu !

— Peut-être est-ce là que nous cherchons tous à être, commenta Naomi à voix basse. Sauf que je ne crois pas que ce soit un endroit, mais plutôt un état d'esprit – ce qu'on est devenu, en somme.

De nouveau, il y eut un long silence.

— Mais ce doit être merveilleux pour vous de voir ça ! ajouta-t-elle, comme si elle tenait à ne pas lui gâcher son plaisir.

Elle se tourna vers Ephraim.

— Et vous, où irez-vous ?

Il esquissa un vague sourire – comme s'il éprouvait un plaisir tout intérieur.

— Dans la vallée du Rift, vers le sud de l'Afrique, répondit-il. Les plantes qui poussent là-bas diffèrent de celles qu'on trouve partout ailleurs sur la terre. J'espère aussi voir des animaux extraordinaires, mais je ne les étudierai pas. Nous découvrirons de nouveaux aliments, de nouveaux remèdes… et tout cela est d'une beauté étourdissante – avec des formes et des couleurs jamais vues sous nos latitudes.

Sa voix se fit plus enthousiaste et plus pressante. Sans s'en rendre compte, il se mit à agiter les mains pour représenter les formes qu'il visualisait.

— La variété de la création me surprend chaque jour davantage. Pas seulement à cause de son inventivité sans limites, mais parce que la moindre chose a un but unique et absolu ! Vous savez…

Ephraim se tut, réalisant avec gêne qu'il s'était laissé emporter par sa passion.

— Un autre jour, conclut-il. Quand nous en aurons fini avec Gower.

Une fois encore, Henry essaya de trouver un moyen d'aborder ce qu'il avait à leur dire, mais le courage lui manqua. Fallait-il être brutal ? Dire les choses tout de suite ? Avec délicatesse ?

Ephraim venait de demander à Naomi où elle avait prévu d'aller. Les traits tendus, lui aussi semblait lutter contre un désarroi intérieur, cherchant ce qu'il devait dire et comment. Il craignait de se faire une nouvelle fois repousser. Henry le devinait dans les angles noueux de son corps tandis qu'il était assis au bout de la table. Mais, comme Henry, il se sentait déchiré de deux manières. S'il laissait repartir Naomi sans rien lui dire, quand trouverait-il une nouvelle occasion ? En aurait-il encore une ? Et si elle se mariait avec un autre ? Le temps qu'ils passaient réunis là était douloureux, rempli d'amertume et de chagrin, et pourtant, pour lui, ces moments n'en passeraient pas moins trop vite.

— Ce n'est pas tout à fait une vallée, répondit Naomi, le visage illuminé elle aussi par ses visions intérieures. On parle d'un phénomène géologique unique au monde : une gorge d'une telle profondeur qu'on peut pratiquement y lire l'histoire entière de la terre !

Le débit de sa voix s'accéléra.

— Les Indiens d'Amérique en parlent comme d'un lieu sacré, mais il est vrai que toute la terre l'est à leurs yeux ! Ils la traitent avec un respect que nous avons oublié, si toutefois nous l'avons jamais connu ! Autrefois, peut-être ? Au temps des druides ? Mais ce canyon est d'une beauté qui défie toute description, et plus grand qu'on ne peut l'imaginer. Je vais aller voir ça, descendre au fond jusqu'à la rivière…

Soudain elle se tut et se tourna vers Antonia.

— Je suis désolée… Nous nous laissons tous emporter par nos rêves. Qu'allez-vous faire ? Vous aussi vous avez un trésor, tout un nouvel univers à explorer. Et puis il y a Joshua et sa musique. Figurerons-nous un jour en note de bas de page de l'histoire comme la famille du Mozart anglais ?

Antonia rougit, mais c'était de plaisir.

— Qui sait ? dit-elle, s'accordant à l'humeur en y apportant sa propre note d'espoir et d'optimisme. Dès qu'il sera assez grand, nous… je l'enverrai à l'Académie de musique de Liverpool. J'aurai beaucoup de mal à me séparer de lui, mais c'est le seul moyen pour qu'il reçoive l'éducation requise. Je pourrai m'y rendre de temps en temps pour être près de lui. C'est la meilleure solution.

Elle jeta un coup d'œil à Henry comme si elle cherchait son assentiment.

Il réalisa à quel point il serait difficile pour elle d'élever seule un enfant aussi brillant, de prendre des décisions, d'essayer d'être à la fois une mère et un père pour Joshua.

Et il avait beau s'apprêter à faire peser un fardeau encore plus lourd sur eux tous, il ne pouvait plus garder le silence. Le regard de Naomi était fixé sur lui – rempli d'attente.

Henry s'éclaircit la gorge.

— Aujourd'hui, je suis allé à Kendal.

Il sentit son estomac se nouer et, malgré le feu et la bonne chère, il eut soudain froid.

Tout le monde attendait, sachant qu'il allait poursuivre et leur expliquer pourquoi.

— Je suis allé voir Percival, l'expert en faux en écriture…

— Nous savons tous qu'il s'agissait d'un faux ! tonna Ephraim. La chose a déjà été prouvée au tribunal ! Ce que nous avons besoin de démontrer, c'est que Judah a été assassiné, que Gower est le coupable et qu'il a agi par haine et par vengeance !

— Pour l'amour du ciel, laisse-le terminer ! intervint son frère d'un ton acerbe. Pourquoi êtes-vous allé là-bas, Henry ? En quoi Percival peut-il nous aider ?

— Je crois qu'il vaudrait mieux que je vous raconte toute l'histoire, et pas seulement que j'ai découvert que Mr. Percival avait une profonde aversion pour Gower, au point qu'il semble avoir laissé son animosité prendre le pas sur certaines de ses décisions. Il a admis lui-même avoir rendu des conclusions hâtives qu'il a transmises à Judah.

— Vous voulez dire par là qu'il s'est trompé ? questionna Ephraim. C'est le seul fait qui compte.

Henry ignora son ton brutal, car il comprenait l'émotion qui en était la cause.

— La date attribuait la propriété à Ashton Gower de façon légale, sauf que le faux était tellement grossier qu'il n'aurait jamais pu passer pour authentique.

— Nous le savons, acquiesça Benjamin. Ashton Gower est à la fois une canaille et un imbécile.

— Non, contra Henry. Il se peut qu'il ait tué Judah, ce qui ferait de lui une canaille, mais ce n'est pas un imbécile. Et si vous y réfléchissez honnêtement, vous en conviendrez.

Il se pencha au-dessus de la table.

— Percival m'a donné le nom du notaire de Gower, qui n'a pas été appelé à témoigner. Il n'a pas cru que les actes avaient été falsifiés, mais il n'est pas expert. Il voulait un autre avis.

— Que voulez-vous dire, Henry ? s'insurgea Benjamin. Tout cela ne signifie rien.

— Mais si... Overton a lu les documents avec attention. Et il se souvenait notamment de la date.

Naomi retint sa respiration.

— Or cette date était la même que celle qui figurait sur les faux, expliqua Henry.

— C'est ridicule ! s'emporta Ephraim. Pourquoi fabriquer un document si c'est pour recopier exactement la même chose ?

— Pour qu'il apparaisse évident qu'il s'agissait d'un faux. Et comme l'original avait été détruit, naturellement, comme vous, tout le monde a supposé qu'il avait été différent.

Ils avaient l'air stupéfaits. Henry les regarda chacun leur tour. Benjamin fut le premier à réagir.

— Vous voulez dire que l'original mentionnait la date qui faisait d'Ashton Gower le propriétaire ? demanda-t-il, incrédule.

— Oui.

— Oh, mon Dieu ! C'est…

Il n'alla pas plus loin.

Antonia était blême.

— Judah ne le savait pas ! balbutia-t-elle d'une voix rauque. Jamais il n'aurait menti… Jamais !

— Bien sûr que non ! s'empressa de la rassurer Henry. Mais, comme vous le dites, c'était un honnête homme, non seulement en apparence, mais de cœur et d'esprit. Il a repris tout ce qu'il avait fait pour prouver à Ashton Gower qu'il avait tort. Et il a découvert ce que j'ai moi-même découvert. Il a également rencontré Overton et savait que le domaine appartenait à Gower. Cela s'est passé le jour de sa mort.

— Celui où il a été assassiné, vous voulez dire ! s'exclama Ephraim, manquant s'étrangler sur les mots.

— Oui.

— Quelle affreuse ironie ! reprit Ephraim, le teint livide, les poings crispés sur la table. Gower avait raison, et Judah aurait pu le lui dire si Gower ne l'avait pas d'abord assassiné. Il aurait pu le blanchir de…

— Avons-nous la certitude que c'est Gower qui l'a tué ? demanda Henry.

Benjamin le dévisagea.

Ephraim se figea.

Ce fut Antonia qui prit la parole :

— Nous supposons que c'est lui parce que nous avons cru qu'il avait falsifié les actes. S'il n'en est rien, il est possible qu'il n'ait pas tué Judah non plus.

— Par vengeance ! enchaîna Ephraim. Si Gower était innocent, sa colère n'en était que d'autant plus légitime. Surtout s'il a cru que Judah avait fabriqué les faux pour nous permettre d'acheter le domaine.

— C'est vrai, reconnut Henry. Mais si Judah s'apprêtait à lui dire la vérité, qui que soit le faussaire – car il y en a un –, cette personne avait beaucoup à perdre. On aurait rouvert le dossier et…

Cette fois, il devait le dire, même s'il avait l'impression de retourner le couteau dans la plaie.

— … et restitué le domaine à Gower. S'il s'avérait que c'est Colgrave le faussaire, étant donné qu'il est le premier à avoir profité de la vente, la justice s'intéresserait à lui de très près.

Ils le dévisagèrent d'un air hagard.

— Nous l'avons acheté à un prix raisonnable en toute légalité, observa Benjamin à mi-voix.

— Je sais, répliqua Henry. Mais vous l'avez acheté à Colgrave, or ce n'était pas à lui de le vendre.

Le regard d'Ephraim balaya la table en s'arrêtant sur chacun d'eux.

— C'est monstrueux ! Vous êtes en train de nous expliquer que, si toute cette histoire est vraie, légalement, le domaine et la maison appartiennent bel et bien à Ashton Gower ?

— Est-ce vrai ? murmura Antonia.

Benjamin avait les yeux fixés sur Henry, partagé entre l'espoir et ce qu'il savait déjà.

— Oui, confirma Henry.

Ephraim se refusa à abandonner tout espoir.

— À moins que Gower n'ait tué Judah ! Auquel cas, il ne pourra pas profiter de son crime. Si ce n'est la morale, la loi y veillera. Et il sera pendu !

— En ce qui concerne la mort de Judah, nous n'avons pas pensé à Peter Colgrave, fit remarquer Benjamin. Nous étions si convaincus que c'était Gower… Mais cela change tout. Et ça explique pourquoi Judah l'aurait retrouvé au gué en aval. La maison de Colgrave n'est qu'à quelques centaines de mètres. Peut-être même qu'il est allé là et que Colgrave l'a suivi. Savez-vous ce que Judah comptait faire ? demanda-t-il à Henry.

— Pas par Overton. Mais je connaissais Judah comme vous. L'homme d'honneur qu'il était n'aurait pu se résoudre qu'à une seule chose.

De nouveau, le silence retomba, douloureux.

Naomi parla la première.

— Rendre le domaine à Gower ?

— N'est-ce pas ce qu'il aurait voulu ? Vous le connaissiez. Aurait-il gardé un tel secret et continué à vivre ici, en laissant Gower traîner sa réputation de faussaire et de sans-le-sou ?

Ce fut Antonia qui répondit.

— Non. Jamais il n'aurait fait ça. Judah n'aurait pas pu.

— Pas plus qu'il n'aurait laissé Colgrave s'en tirer, ajouta Benjamin. Et ça, Colgrave le savait.

Ephraim les regarda un à un.

— Serait-il vraiment allé seul chez Colgrave, à cette heure de la nuit, pour le mettre devant ses responsabilités ?

— Non, dit Benjamin, l'air sûr de lui.

— Si Judah avait l'intention de restituer le domaine à Gower et d'accepter les conséquences que cela implique, dit lentement Henry, son premier souci, après avoir fait le nécessaire, aurait été de mettre Antonia et Joshua à l'abri.

— On n'achète pas une maison en pleine nuit ! s'exclama Benjamin avec une pointe de dérision.

Henry le regarda d'un air navré.

— Benjamin… Une fois le domaine disparu, il ne serait plus resté d'argent pour acheter une maison. Et vu qu'il s'agissait d'une erreur judiciaire de très grande ampleur, on aurait sans doute rouvert une enquête. Gower n'aurait sûrement pas baissé les bras. Il aurait poursuivi…

Ephraim jura et enfouit sa tête entre ses mains.

— Mais alors qui ? lança Naomi. Qui aurait pu l'aider ?

Henry se tourna vers Antonia.

— En qui Judah avait-il confiance ? Qui, à ses yeux, aurait eu assez de sagesse et de discrétion en même temps qu'une gentillesse infaillible ?

La jeune femme eut les larmes aux yeux.

— À part vous ? Je ne vois pas.

Henry se surprit à rougir devant la confiance qu'elle lui témoignait, en dépit même de ce qu'il avait été contraint de lui révéler. Si elle lui en avait voulu, il ne le lui aurait pas reproché. Il regrettait de ne rien avoir de plus fort et de plus utile à lui offrir que son affection.

— Un ami ? demanda Ephraim. Judah savait que nous comptions venir, mais aucun de nous ne vit ici. Qui d'autre ?

Benjamin se passa la main sur le front.

— À vrai dire, Ephraim, si nous perdons le domaine, nous y serons sans doute obligés. Il n'y aura plus aucun revenu pour nous faire vivre à l'étranger. Pas plus qu'ici, d'ailleurs… Nos existences changeront du tout au tout.

— Uniquement si Gower n'est pas le coupable, s'entêta Ephraim, bien que l'espoir ait cessé de briller dans ses yeux.

Au fond de lui, on aurait dit qu'il savait, qu'il cherchait juste la force de continuer à faire face. Sa passion, ses rêves étaient en train de s'effondrer, ces tours qui voilà encore une heure miroitaient. S'il avait besoin de courage, c'était maintenant.

Personne ne prit la peine de le raisonner.

— Le révérend... Mr. Findheart ! s'écria soudain Antonia. C'est lui que Judah a dû aller voir. En toute logique.

— Je passerai le voir demain matin. À moins que vous ne préfériez y aller ? demanda Henry en regardant les deux frères.

— Non. Merci, répondit Benjamin, l'air meurtri, comme si le choc l'avait blessé jusque dans sa chair. Il est préférable que j'examine les papiers du domaine afin de voir ce que nous pouvons sauver. S'il reste la moindre chose à sauver... Tu m'aideras, Ephraim ?

Celui-ci hocha la tête en posant sa main sur celle de son frère.

Henry se leva et s'excusa. Mieux valait les laisser passer un peu de temps ensemble. Ils avaient trop de problèmes à affronter pour les régler vite et bien. Il leur souhaita une bonne nuit – même si ce serait impossible –, puis monta dans sa chambre.

Le matin ramena le froid et les flocons de neige. On était à quatre jours de Noël. Henry prit du thé et des toasts seul dans la salle à manger, après quoi il enfila un manteau, un chapeau, une écharpe et des gants, et se dirigea vers le gué en aval et la butte proche de la rivière.

Il aurait donné n'importe quoi au monde pour ne pas avoir à effectuer cette sortie. Le paysage était splendide. Les collines ondoyantes étaient tapies sous la neige, les rochers dessinant des motifs noirs sur le blanc, et les pentes abruptes plongeaient jusque dans l'eau. Balayé par le vent, le ciel capricieux alternait nuages et éclaircies, projetant des ombres mouvantes sur le sol. Il apercevait les arbres dépouillés derrière les flocons légers qui en brouillaient les contours.

Le domaine possédait une richesse et une beauté qu'il serait déchirant d'abandonner. Les Dreghorn avaient su le gérer avec habileté et le laisseraient en bien meilleur état que ne l'avait fait Geoffrey Gower. Pour autant, Henry ne doutait pas une seconde que c'était ce que Judah aurait décidé, et mené à bien, si Colgrave ne l'avait pas tué. Puisqu'il avait commis une erreur, Judah se devait de la réparer, quel qu'en fût le prix. Il n'aurait pas transigé.

Henry arriva au bord de l'eau, où le courant rapide filait sous les longues pierres plates qui enjambaient la rivière comme des planches. Il ne parvenait pas à oublier que c'était là que Judah avait rencontré la mort.

Il traversa le gué étroit, avançant à petits pas et écartant les bras pour ne pas perdre l'équilibre. Peu lui importait d'avoir l'air ridicule.

L'église à tour carrée lui apparut dès qu'il eut contourné la butte, à côté du grand presbytère où les arbres nus du verger étaient saupoudrés d'une fine couche de neige. Les eaux du lac scintillaient de reflets gris argenté qui se déplaçaient sans cesse.

Henry avançait péniblement dans la neige immaculée, laissant des empreintes derrière lui. Arrivé devant le portail, il s'arrêta et posa la main sur le loquet. Il était un peu tôt pour rendre visite à un vieil homme. N'avait-il pas agi avec trop de précipitation ? Il hésitait encore lorsque la porte d'entrée s'ouvrit sur le vicaire qu'il vit l'observer avec intérêt. L'homme était mince et courbé, et les rafales de vent soulevaient ses cheveux blancs.

— Bonjour, dit Henry, un peu embarrassé d'avoir été surpris.

— Bonjour à vous, monsieur, répondit le révérend Findheart avec un sourire. Désirez-vous une tasse de thé ? Ou un petit déjeuner ?

Henry souleva le loquet, entra, puis referma le portail derrière lui.

— Merci. Volontiers.

Dès qu'il fut à l'intérieur, un vieux domestique le débarrassa de ses chaussures mouillées et de son manteau. Il attendit d'être installé en chaussettes dans la salle à manger – devant un bon feu, du thé, des toasts et du miel – pour expliquer la raison de sa visite.

— Mr. Findheart, j'étais un ami proche de Judah Dreghorn…

— Je sais, dit le révérend d'une voix douce. Il m'a parlé de vous, le soir où il est venu ici, juste avant de mourir.

Henry apprécia la perche que le révérend lui tendait ; sa tâche était déjà suffisamment difficile…

— Je suis allé à Kendal parler à Mr. Overton. Je sais désormais ce que Judah avait découvert. Est-ce de cela qu'il était venu vous entretenir, ce soir-là ?

— Oui.

Findheart n'en dit pas davantage, mais il continua à lui sourire, ses yeux bleus traduisant une infinie bonté. Toutefois, le vieil homme n'avait pas l'intention de se laisser aller aux confidences. Henry allait devoir s'expliquer. Il poussa un soupir.

— Judah a découvert qu'Ashton Gower était innocent et que le domaine lui appartenait bel et bien. Son intention était de le lui restituer, n'est-ce pas ?

— Oui. C'était la seule chose honorable à faire. Mais reprenez du thé. Vous devez avoir froid.

Henry accepta.

— Vous a-t-il demandé de prendre soin d'Antonia et de son fils, si jamais lui-même s'en voyait empêché ?

— En effet. Mais ce ne sera nécessaire que s'ils accomplissent la volonté de Judah.

— Oui, c'est ce qu'ils comptent faire. Ce sont des Dreghorn eux aussi. Cependant, ils se retrouveront alors sans aucun revenu. Benjamin devra renoncer à ses fouilles archéologiques en Terre sainte, Ephraim ne pourra pas retourner en Afrique, et Naomi sera contrainte elle aussi de rester en Angleterre. J'ignore si Nathaniel lui a laissé quelque chose, mais j'imagine que cela se résume à ce que lui rapportait le domaine. Et puis, il y a Antonia et Joshua. Ils n'auront plus ni maison ni moyens de subsistance d'aucune sorte.

— Je sais, dit Findheart. J'y ai longuement réfléchi. La solution me semble évidente. J'ai servi dans cette église pendant trente ans, et j'ai adoré cela, mais il est temps pour moi de prendre ma retraite. Je me fais vieux.

Il sourit tristement. Le révérend devait avoir dépassé les quatre-vingts ans depuis déjà longtemps. Son regard restait vif, mais sa peau était flétrie et ses mains veinées de bleu.

— Je n'ai plus autant de force pour la charge pastorale qu'autrefois, reprit-il. Les gens du village ont besoin et méritent un homme plus jeune, capable de chevaucher pour rendre visite aux malades jusque dans les fermes et les vallons isolés, de répondre à n'importe quelle heure à l'appel des désemparés, des souffrants et des solitaires, de ceux qui sont dans le chagrin et dans la peine. Benjamin Dreghorn a été ordonné prêtre. Il n'a qu'à prendre ma place et servir Dieu ici même.

Sa main se souleva d'un geste vague.

— Le presbytère est vaste, il y fait bon, et il convient parfaitement à une famille. Il y aurait de la place pour Antonia et Joshua, mais aussi pour Ephraim, s'il le souhaite, ainsi que pour Naomi. De quoi accueillir chacun d'eux. Il y a des légumes dans le potager et des fruits dans le verger, si on se donne la peine de s'en occuper.

Le révérend esquissa un petit sourire d'excuse.

— Rien d'aussi nouveau et excitant que la botanique d'Afrique, mais de quoi nourrir son monde, et amplement ! Sans oublier le miel que donnent les ruches, et le poisson qu'on pêche dans la rivière et dans le lac.

Henry se sentit soulagé et stupéfait devant tant de simplicité. Dans un éclair de mémoire fulgurant, il repensa à ce qu'avait dit Naomi à propos du jardin où Marie Madeleine avait reconnu le Christ ressuscité : ce n'était pas un lieu géographique, mais un lieu dans sa tête – un lieu spirituel.

— Merci, dit Henry. Je leur en parlerai.

Il ne savait pas très bien comment dire à cet homme doux et généreux que, pendant quelque temps, les Dreghorn risquaient de juger leur perte trop lourde pour lui en être reconnaissants.

Findheart hocha la tête.

— Bien sûr, bien sûr… Mais je préparerai la maison pour eux, du moins pour Antonia, si c'est ce qu'elle décide. Vous êtes un ami précieux, Mr. Rathbone. Votre présence rendra les choses moins pénibles. Judah Dreghorn était un homme d'une grande intégrité de cœur. Aucune autre voie n'est possible pour ceux qui sont ses héritiers.

Soudain, Henry sentit sa gorge se nouer et ses yeux s'embuer de larmes. Assis là dans ce presbytère paisible, devant le feu qui flambait dans l'âtre tandis que le ciel déversait de pâles flocons, il réalisa à quel point Judah lui manquait ; pas seulement sa compagnie ou son rire, mais la certitude de l'honneur qui était le sien, cette vérité intérieure qui jamais n'avait été entachée.

Il s'attarda encore une demi-heure, en apprenant davantage sur l'église et le presbytère, et l'espace qu'il offrait en abondance pour eux tous. Après avoir remercié le révérend, il remit ses chaussures, qui étaient presque sèches, enfila son manteau, son écharpe et ses gants, puis repartit en suivant ses traces que la neige avait déjà pratiquement effacées.

Le temps qu'il regagne le manoir, il était près de onze heures. Benjamin vint à sa rencontre dans le vestibule. Il avait l'air épuisé, comme s'il avait peu dormi.

— Oui, dit aussitôt Henry. Judah est bien allé voir Findheart.

— Que peut-il faire ? Il est vicaire de l'église du village et doit être plus proche de quatre-vingt-dix ans que de quatre-vingts.

Sa voix avait un accent désespéré qui frôlait l'amertume.

Henry se lança. Il entendait Antonia qui descendait l'escalier, Joshua sur ses talons.

— Le révérend vous cède sa place à l'église, annonça-t-il simplement. Vous avez été ordonné prêtre. Vous pourrez mieux servir Dieu ici qu'en déterrant les pierres du passé à Jérusalem. Ici, on a besoin de vous. Et le presbytère est assez grand pour tous vous loger, il restera même encore des pièces.

— Tous ? s'étonna Benjamin.

— Le domaine ne sera plus là pour assurer votre existence. Aucun d'entre vous n'a d'héritage, Benjamin, excepté celui que personne ne pourra jamais ni dépenser ni vous retirer, un nom dont l'honneur est plus grand que tout autre. Judah Dreghorn était un homme intègre, pareil à une étoile qui ne saurait s'éteindre. Il n'y avait en lui aucune ombre.

Antonia retint sa respiration, puis se cacha le visage dans les mains. D'un geste très lent, elle s'assit sur les marches. Joshua l'entoura de ses bras.

Ephraim s'avança du seuil du bureau, d'où il avait apparemment suivi la conversation. Naomi arriva par une autre porte, dévisageant d'abord Henry, puis Ephraim.

— Bien sûr, finit par dire Benjamin. Pardonnez-moi. Je n'avais pas réfléchi… Nous nous débrouillerons très bien ainsi. Ephraim ?

Il était encore trop tôt. Ephraim paraissait sidéré, comme un homme qui verrait les ténèbres s'abattre en pleine journée et ne parviendrait pas à y croire.

Naomi s'approcha de lui et, lentement, leurs regards se croisèrent.

Ephraim ne savait pas quoi faire, il avait trop mal.

Antonia redressa la tête.

— Je suis fière que Judah ait su que nous agirions comme lui, murmura-t-elle. Il ne doutait pas de nous non plus, d'aucun d'entre nous. Et il avait raison. Nous ferons comme lui-même aurait fait. Le domaine, la maison et le reste seront rendus à Ashton Gower, parce que c'est à lui, en vertu de toutes les lois morales. Ce que nous perdrons en agissant de cette manière ne sera rien comparé à ce que nous perdrions si nous nous en abstenions. C'est nous-mêmes que nous perdrions, et l'amour que Judah avait pour nous, en même temps que le droit de nous réclamer de lui.

Ephraim la regarda avec une soudaine lueur de fierté, puis se tourna vers Naomi qui se tenait devant lui.

— Je comprends Gower, dit-il, non sans peine. Il a souffert de façon épouvantable, et injustement. C'est un misérable, mais peut-être que, à sa place, je ne me serais pas mieux conduit.

Naomi lui sourit avec une chaleur sans réserve.

— Sans doute auriez-vous été pire, dit-elle, mais avec une telle tendresse qu'Ephraim rougit, submergé par une joie profonde, presque douloureuse.

Le lendemain, l'affaire se régla devant la justice. Tous ensemble, ils prirent le train jusqu'à Penrith et, en présence d'Ashton Gower, ils relatèrent les événements tels qu'ils les connaissaient désormais. On avait fait venir Overton de Kendal, qui témoigna à son tour de ce qu'il savait de la découverte de Judah, et de ses intentions.

La police fut informée de ce qui semblait d'ores et déjà avoir été le rôle de Colgrave. Elle ouvrit une enquête, dont personne ne doutait qu'elle aboutirait à son arrestation, à la fois pour faux en écriture et pour le meurtre de Judah Dreghorn.

— Un homme du plus grand honneur, conclut le magistrat en parlant de Judah avec une intense émotion.

Après quoi il s'adressa à Joshua, qui avait demandé à les accompagner.

— Vous disposez là d'un fier héritage, jeune homme. Vous pouvez regarder n'importe qui en Angleterre dans les yeux et ne vous agenouiller devant personne, hormis la reine.

— Oui, monsieur, dit Joshua, la voix posée. Je le savais déjà.

— Je m'en doute, convint le magistrat. Ou du moins, le croyiez-vous. C'est cependant une épreuve des plus amères que d'être un héros comme votre père. Parfois, nous mettons dans une lutte ou une cause les talents qui nous apparaissent le plus clairement, un courage, une force ou un charme dont d'autres nous ont assuré qu'ils étaient nôtres. Souvent, nous nous apercevons néanmoins qu'il est exigé de nous davantage, bien plus que ce que nous voulions ou croyions posséder. Il nous est demandé de renoncer à ce que nous pensions avoir de plus cher, de pardonner ce qui semblait impardonnable, d'affronter ce que nous redoutions le plus, et de le supporter. Il nous faut quelquefois aller jusqu'au bout d'un chemin que nous n'avions pas choisi. Mais je vous en fais la promesse, jeune homme, au bout du compte ce chemin vous mènera à une plus grande joie. La difficulté, c'est que la fin reste hors de notre vue. L'important est de croire, pas de savoir.

Joshua hocha la tête, sans trouver quoi répondre.

Antonia lui posa la main sur l'épaule. Derrière les larmes, le visage de la jeune femme était serein, mais dans ses yeux se devinait une réelle fierté, ainsi qu'une certitude de compréhension.

Ephraim enlaça Naomi, et elle ne chercha pas à se dérober.

Benjamin tendit la main à Ashton Gower.

D'un geste lent, Gower la prit et la serra dans la sienne.

— Il a raison, dit-il avec une sorte d'étonnement, comme s'il apercevait une lueur à l'horizon. Judah Dreghorn était un homme d'un grand honneur. Je le ferai savoir à tout le monde. Et vous tous également, d'ailleurs. J'ignore si nous serons un jour amis, il y a une histoire trop dure entre nous, d'autant que j'ai médit de vous et vous ai fait du mal. Cependant, le ciel m'en soit témoin, j'ai pour vous de l'admiration !

Il se retourna et offrit sa main à Ephraim.

Ephraim l'accepta en la serrant avec fermeté, et même avec chaleur.

— Je regrette, s'excusa-t-il. Je vous ai diffamés, mais ce n'était que des mensonges.

— Noël est dans trois jours, répliqua Gower en hochant la tête. C'est l'occasion de tout recommencer. Et de mieux faire cette fois-ci.

Alors, se tournant vers Henry, il ajouta simplement :

— Merci.

Anne Perry

Les enquêtes de Charlotte et Thomas Pitt

Reine incontestable du polar victorien, Anne Perry se délecte avec des intrigues ingénieuses, se plaisant à y compromettre le Londres du XIXe siècle. Le détective Thomas Pitt est en charge de toutes sortes d'affaires crapuleuses : meurtres, incestes, enlèvements ; impulsions criminelles que l'on penserait plutôt naître dans les bas-fonds de la capitale anglaise. Ne vous fiez pas aux apparences ! Derrière la bienséance dont se pare la bonne société se cache parfois une perversion insoupçonnable…

n° 2852 – 7,30 €

Anne Perry

Les enquêtes de William Monk

Bel homme mondain et dandy tourmenté, William Monk est un détective hors du commun. Aucun mystère ne saurait lui résister, si ce n'est celui de son passé : amnésique à la suite d'un accident, il tente, d'un roman à l'autre, de reconstituer le puzzle de sa vie… Anne Perry, la reine du polar victorien, nous emmène au cœur de la société londonienne de la fin du XIXe siècle, dénonçant corruption, non-dits et fausse respectabilité.

n° 2978 – 7,80 €

GRANDS DÉTECTIVES, DES POLARS HORS LA LOI DU GENRE

Cet ouvrage a été réalisé par

BUSSIÈRE

GROUPE CPI

à Saint-Amand-Montrond (Cher)
pour le compte des Éditions 10/18
en octobre 2006

Imprimé en France
Dépôt légal : novembre 2006.
N° d'édition : 3896. – N° d'impression : 063823/1.